Bianca™

BAJO LAS ESTRELLAS DEL DESIERTO

SUSAN STEPHENS

D1400760

H HARLEQUIN™

Editado por Harlequin Ibérica.
Una división de HarperCollins Ibérica, S.A.
Núñez de Balboa, 56
28001 Madrid

© 2016 Susan Stephens
© 2016 Harlequin Ibérica, una división de HarperCollins Ibérica, S.A.
Bajo las estrellas del desierto, n.º 2499 - 19.10.16
Título original: In the Sheikh's Service
Publicada originalmente por Mills & Boon®, Ltd., Londres.

I.S.B.N.: 978-84-687-8507-3
Depósito legal: M-24686-2016
Impresión en CPI (Barcelona)
Fecha impresion para Argentina: 17.4.17
Distribuidor exclusivo para España: LOGISTA
Distribuidores para México: CODIPLYRSA y Despac
Distribuidores para Argentina: Interior, DGP, S.A.
Cap. Fed./Buenos Aires y Gran Buenos Aires, VA

Capítulo 1

QUE hubiese un club de striptease enfrente del restaurante donde estaba cenando con su embajador era una desdichada coincidencia. Debería haber sabido lo que podía esperar cuando le reservaron el sitio favorito del embajador. Estaban en el Soho de Londres, donde los clubs de striptease convivían con los restaurantes más refinados, pero el embajador era un buen amigo y Shazim había cedido a sus deseos de conocer algo nuevo. El inconveniente era que también había acudido el hijo del embajador. Tenía treinta y tantos años y no apartaba la mirada de las chicas que bailaban en el local de enfrente. No le preocupaba solo su falta de modales, tenía algo más irritante todavía, pero, pasara lo que pasase, no permitiría que molestara a las chicas.

–¿Has terminado de comer? –le preguntó el hijo del embajador en tono suplicante–. ¿Podemos echar una ojeada allí?

Era como un cachorrillo anhelante y Shazim tuvo que agarrar una copa para que no la tirara cuando se levantó de la mesa y salió apresuradamente del restaurante. Lo alcanzó en la puerta. Sus guardaespaldas se acercaron, pero les ordenó con la mirada que se retiraran.

–¿No eres un poco mayorcito? –le preguntó señalando hacia los cristales traslúcidos.

El embajador ya se había reunido con ellos y podía producirse una escena.

–Acompáñalo, Shazim –le pidió el embajador–. Por favor, ocúpate de que no se meta en problemas. ¿Lo harías por mí?

Encargó a uno de sus hombres que acompañara al diplomático a su casa, dejó un montón de billetes en la mano del maître y salió del restaurante con el hijo del embajador.

¡Eso era ridículo! Su amiga Chrissie no era plana, pero tampoco era una pechugona, se repetía Isla mientras intentaba cubrir su amplia delantera con la parte superior de un biquini microscópico. Si alguien le hubiese preguntado qué era lo que menos le gustaría hacer, habría contestado que parecer provocativa delante de un local lleno de hombres, y tenía un buen motivo. Sin embargo, Chrissie era una buena amiga y esa noche tenía una emergencia familiar. El pasado no podía afectarla salvo que ella lo permitiera y esa noche no lo permitiría.

La muerte de su madre, hacía año y medio, la había estremecido hasta las entrañas y lo que había pasado justo después del entierro todavía la alteraba, pero era la noche de Chrissie y haría lo que tenía que hacer, si conseguía que sus pechos obedecieran. Se giró y sopesó el riesgo de que los pechos fuesen hacia un lado mientras ella iba hacia el contrario. Era la prueba viviente de que una mujer normal y corriente, más bien gruesa, no podía convertirse en una bailarina de la noche a la mañana. Era una estudiante de veterinaria algo mayor y, lejos de ser glamurosa, solía tener mugre de origen inconfesable debajo de las uñas. En el aspecto positivo, la vestimenta era impresionante. El biquini era de un color rosa oscuro con cuentas de cristal y lentejuelas. Le quedaría precioso a Chrissie o a cualquier mujer con una figura normal, pero ella parecía un bollo envuelto en un papel resplandeciente.

Uno de los muchos trabajos que había hecho para pagarse la universidad había sido dar clase de gimnasia a unos chicos muy entusiastas, pero había llevado un sujetador deportivo, no un biquini de lentejuelas. Esa era la primera vez que le parecía que tener un cuerpo flexible era una ventaja y una desventaja a la vez. Nunca habría aceptado hacer eso si el apuro de Chrissie no hubiese sido mayor que su miedo a parecer que estaba intentando excitar a un hombre. Una vez la acusaron despiadadamente de eso y le dejaron una duda indeleble. Había esperado que la aprensión que estaba sintiendo hubiese desaparecido cuando ensayó los movimientos para el concierto de Navidad en el gimnasio y se dejó llevar. Tenía que olvidarse de sí misma y salir...

–Cinco minutos, por favor –le comunicó la voz anónima de un hombre.

¿Cinco minutos? Necesitaría cinco horas para que no ocurriera ese desastre. Se miró una última vez al espejo y deseó que se le encogieran los pechos.

–¡Allí estaré! –contestó ella mientras se ponía los zapatos con tacón de aguja.

Se los quitaría con los pies en cuanto empezara, pero, según Chrissie, la primera impresión era fundamental y no iba a dejar mal a su amiga.

Gobernar un país conllevaba ciertas cosas que Shazim podía pasar por alto. Por ejemplo, podía tolerar a los vástagos de súbditos leales. Sin embargo, entrar en un club de striptease para evitar que el hijo del embajador maltratara a una de las chicas era algo muy distinto. Casi todos los clubs tenían la norma, muy estricta, de que no se podía tocar, pero el retoño del embajador era de los que hacían lo que querían y luego apelaban a la inmunidad diplomática.

Mientras se abría paso entre los hombres que abarrotaban ese club sofocante, pensó en su hermano mayor y en la fuerza que había necesitado para cargar con el yugo del deber. Ser rey tenía muchas cosas muy gravosas. A él no lo habían educado para ser rey, pero aquella tragedia en el desierto, de la que se consideraba responsable, le había otorgado ese papel y había hecho que conociera la carga que su hermano había acarreado con tan poco esfuerzo. Tras la muerte de su hermano, él, el hermano temerario, había pasado de ser pirómano a bombero y no estaba dispuesto a permitir que el hijo del embajador abochornara a su pueblo.

—¿Desea algo, señor?

Miró a la chica. Era guapa y esbelta, pero sus ojos reflejaban cierta cautela.

—No, gracias.

Lo único que deseaba era que el hijo del embajador saliera del club con el menor jaleo posible.

—¿Un asiento, señor?

Miró a la segunda chica. Tenía los ojos tan apagados como los de la chica que estaba en el escenario en ese momento.

—No, gracias.

Siguió concentrado en su objetivo. Su trabajo en Londres era crucial y no iba permitir que el hijo mimado de un diplomático le diera mala prensa. Crear una reserva natural para especies en peligro de extinción exigía la participación de especialistas y había encontrado todo lo que necesitaba en una universidad cercana donde invertía millones en investigación e instalaciones para que el sueño de su difunto hermano se hiciese realidad.

Hizo un gesto a los guardaespaldas para que se alejaran y agarró del brazo al hijo del embajador, quien intentó zafarse entre improperios, hasta que se dio cuenta de quién era el hombre al que estaba insultando y balbució unas excusas que él no quiso escuchar. Lo arrastró sin contemplaciones y lo mandó con su padre con un buen rapapolvos. Pensó seguir al hijo del embajador cuando algo hizo que se detuviera y mirara al escenario, donde otra chica estaba a punto de empezar a bailar. Era distinta de las demás, al menos, estaba sonriendo.

–Es fantástica, vaya pechuga... –comentó el hombre que tenía al lado.

Él se sintió molesto por ella, pero, efectivamente, era atractiva. Era más bien gruesa y estaba orgullosa de serlo. Tenía una piel suave como la seda, pero lo que lo atrajo fue su expresión de felicidad. Parecía absorta, pero con un aura que conseguía que todos los hombres del club la miraran embobados. Él se apoyó en una columna y también la miró. Era sexy y sabía lo que hacía, pero no era vulgar. Los hombres que lo rodeaban dejaron de babear y la miraban con más admiración que lascivia. Podría haber hecho lo mismo en una representación para una asociación de familias cristianas y los tendría en la palma de la mano.

Cuando el foco la iluminó, Isla decidió que haría el mejor espectáculo posible por Chrissie. Había habido un ligero altercado. Estaba en medio de uno de los pasos más complicados que había ensayado para la fiesta de Navidad del gimnasio cuando expulsaron a alguien del club. Chrissie le había avisado de que podía pasar, pero también le había dicho que las chicas estaban muy seguras y que no tenía que preocuparse de nada. En el gimnasio, siempre se dejaba llevar por los movimientos del baile, pero esa noche no podía concentrarse, sobre todo, por culpa del hombre que se había apoyado en una columna y la miraba fijamente. Todos los hombres la miraban, pero ese lo hacía de una forma especial y ella no sabía qué sentir. Parecía de un país remoto y era imponente, pero no era amenazador, seguramente, porque tenía un porte y un aire de dignidad inusitados. Era alto y moreno, su inmaculada camisa blanca contrastaba con un traje oscuro hecho a medida y unas piedras, que podían ser diamantes negros, resplandecían en sus gemelos. Como, evidentemente, él no pensaba marcharse, ella siguió bailando con el poste.

Ya estaba a salvo en el diminuto camerino cuando llamaron a la puerta.

–Adelante...

Se había puesto los vaqueros y las botas, pero se cubrió el sujetador con una bata. Esperaba una visita porque una de las chicas había prometido que aliviaría las actuaciones de Chrissie durante la semana siguiente.

–¡Oh!

Se levantó de un salto y se apoyó en la pared dominada por el miedo. Era un miedo ancestral, pero no menos intenso por eso. Una agresión sexual, fallida gracias a Dios, la había dejado con un miedo instintivo hacia los hombres. Además, ocurrió justo después del entierro de su madre, cuando tenía las emociones a flor de piel. Tomó aire y se recordó que solo tenía que gritar para que acudiera el servicio de seguridad.

–Perdóneme si la he asustado –se disculpó el hombre de la columna con un acento intrigante–. Me han dicho que podía encontrarla aquí.

Ella se calmó, se dijo que no todos los hombres querían atacarla. Además, tenía que pensar en Chrissie, quien necesitaba ese empleo. No iba a organizar un jaleo si no era necesario y si lo era, podía gritar más fuerte que nadie.

–¿Qué desea? –le preguntó en un tono áspero y tenso.

El hombre parecía ocupar todo el espacio y solo

podía estar cerca de ella. Era impresionante y eso no hacía que fuese más fácil estar a solas con él.

–Quería disculparme por las molestias durante su actuación –él tenía los ojos negros clavados en su cara–. Expulsaron a un hombre del club mientras bailaba. Estaba haciéndolo muy bien y quería decirle que lamento muchísimo la interrupción.

–Gracias.

Ella sonrió muy levemente y fue a agarrar el picaporte de la puerta para abrírsela.

–¿Puedo llevarla a casa?

–No, gracias –contestó ella con los ojos como platos–. Tomaré el autobús, pero gracias.

–¿Toma el autobús sola por la noche? –preguntó el frunciendo el ceño.

–El transporte público de Londres es bastante seguro –contestó ella con una sonrisa–. El autobús me deja en la puerta.

–Entiendo.

El hombre seguía con el ceño fruncido y ella tuvo la sensación de que estaba acostumbrado a que lo obedecieran. Era impresionantemente guapo y tenía un aire autoritario, pero ella era una mujer independiente que sabía cuidar de sí misma.

–Entonces, ¿no quiere que la lleve? –insistió él arqueando una ceja.

–No.

Tenía un sentido de la autoprotección muy acusado y un bono de transporte que pensaba usar.

–Es posible que vuelva a verla...

–Es posible –concedió ella antes de abrir la puerta de par en par.

–Buenas noches, Isla.

–¿Sabe mi nombre? –preguntó ella con todas las alarmas disparadas.

–El gerente me lo dijo cuando le pedí hablar contigo –contestó él esbozando media sonrisa.

El gerente no permitiría que un hombre se acercara a una chica si no tenía una excusa muy buena. ¿Cuál era la de ese hombre? ¿Haber alterado el orden? No lo creía.

–¿Quién es usted? –le preguntó ella algo molesta por esa infracción de las normas del club.

–Mis amigos me llaman Shaz –contestó él en un tono burlón.

–Buenas noches, Shaz.

Ella se quedó apoyada en la pared del pasillo para poner distancia. Que hubiese estado haciendo preguntas sobre ella la inquietaba más todavía, eso y su virilidad desaforada.

–Buenas noches, Isla.

Él la miró con unos ojos cálidos y burlones y eso la ablandó un poco.

–Me alegro de que le haya gustado el espectáculo.

Sintió un cosquilleo por dentro cuando él la miró con agrado. Le aliviaba que fuese a marcharse, pero casi lamentaba saber que no volvería verlo. Se quedó boquiabierta cuando la agarró de los brazos, pero la cosa no acabó ahí. Inclinó la cabeza y le rozó las mejillas con los labios, primero la derecha y luego la izquierda. Dar un beso en las dos mejillas era un gesto de saludo y despedida habitual en muchos países, se recordó a sí misma cuando se le desbocó el corazón. Se repuso enseguida, se apartó de él y se quedó rígida mientras se alejaba. Tenía todos los sentidos alterados y no olvidaría fácilmente a ese hombre.

Capítulo 2

UNAS lanchas potentes y amenazantes anunciaban la llegada del jeque y su comitiva. La lancha que iba en cabeza era negra y aerodinámica y otras más pequeñas la rodeaban como mosquitos mientras surcaban las aguas del Támesis. Todas se dirigían al mismo embarcadero, que estaba a unos cien metros del café donde Isla trabajaba para pagarse la universidad.

—¡Chrissie, mira esto!

Los empleados y los clientes estaban fascinados por la llegada de la flotilla y eso era lo que Chrissie necesitaba para animarse. La emergencia familiar se había resuelto, pero su amiga seguía muy preocupada por su padre, a quien habían detenido por embriaguez y desorden público y la policía había tenido que llevarlo a su casa. Lo único bueno era que la noche anterior el club les había pagado más de lo esperado. Según le había explicado el gerente, un hombre misterioso había dejado una cantidad de dinero por las molestias causadas. Ella supuso que sería el hombre que se le había presentado. El dinero no había podido llegar en mejor momento porque pudo dárselo a Chrissie para que pagara la multa de su padre. Aunque no había sido lo único bueno sobre la noche anterior. Había sido la primera vez, desde hacía años, que no había sentido escalofríos con un hombre, algo más extraño todavía porque ese hombre había sido un todo prototipo de virilidad. Solo fue un beso... pero un beso que no olvidaría jamás.

–¿Qué pasa? –preguntó Chrissie acercándose al ventanal–. Caray...

Isla pasó la manga por el cristal empañado para que pudieran ver mejor la llegada de las lanchas. Se alegraba de que Chrissie estuviese más relajada. Haber pagado la multa había sido un consuelo, pero el problema con su padre no estaba resuelto, ni mucho menos.

Unos hombres habían saltado para atar los cabos al embarcadero, que era tan nuevo como las construcciones que estaban levantándose al lado del café. Todo formaba parte del campus universitario financiado por Su Serena Majestad el jeque Shazim bin Khalifa al Q'Aqabi, un filántropo legendario en un mundo saturado de celebridad superficial. El jeque, a los treinta y cinco años, no solo era uno de los hombres más ricos del mundo, sino que era casi un desconocido para los medios de comunicación. Su inmenso poder le permitía mantenerse al margen de la celebridad y poder verlo era algo excepcional. Entre los edificios que estaba financiando había un departamento de veterinaria que apasionaba especialmente a Isla porque había ganado un premio increíble por su proyecto de investigación sobre especies en peligro de extinción. Entre otras cosas, el premio consistía en un viaje a Q'Aqabi, el reino del jeque, donde visitaría la reserva natural, modélica en todo el mundo, y donde esperaba trabajar algún día.

–¡Isla! ¡Chrissie! ¡Dejad de soñar despiertas y volved al trabajo!

Las dos se pusieron en marcha cuando Charlie, su jefe, las llamó. Isla, con premio o sin él, seguía sin blanca después de tantos años estudiando. Todavía tenía que consolidarse como cirujana veterinaria y su economía era muy precaria. Si perdía uno solo de sus empleos temporales, su carrera correría peligro. Aun así, la actividad en el embarcadero era fascinante y miraba de vez en cuando mientras trabajaba. La tripulación uniformada había terminado de atracar y había empezado a llover mientras un grupo de hombres desembarcaba. Lamentablemente, iban vestidos con ropa occidental, no con las túnicas que ella se había imaginado, y se dirigieron hacia la obra.

–¿Crees que el jeque es el que va primero? –le preguntó Chrissie sacándola del hechizo.

–¿Quién sabe? –contestó ella fijándose en ese hombre.

Estaba demasiado lejos como para verlo con claridad, pero tenía algo...

–¡Isla! ¡Chrissie! –volvió a llamarlas Charlie–. ¡Organizad inmediatamente el pedido del jeque!

Isla sonrió a su jefe y fue corriendo a obedecerlo. La oficina del jeque había llamado con antelación para que llevaran café a la obra en cuanto llegara la comitiva del jeque.

–No creo que él esté –susurró a Isla mientras se metía detrás de la barra–. Supongo que tendrá cosas más importantes que hacer.

–¿Más importante que supervisar el edificio de sus nuevas instalaciones? –preguntó Chrissie encogiéndose de hombros–. Yo creo que debería venir, aunque solo fuese para cerciorarse de que sus miles de millones no se malgastan en café.

–No se malgastarán –Isla se rio–. La nueva escuela de veterinaria va a ser increíble. He visto el proyecto en la biblioteca de la universidad.

Y ella soñaba con formar parte de ese proyecto. Las especies en peligro eran su pasión y anhelaba hacer lo que pudiera para echar una mano. La idea de que muy pronto viajaría miles de kilómetros para visitar la re-

serva natural del jeque todavía le parecía una fantasía
que...

–¡Isla! –gritó Charlie.

–¡Ya voy! –Isla tomó la bandeja de cartón que esperaba a que la llenaran de cafés–. Yo la llevaré –le dijo a
Chrissie.

–Con la suerte que tienes, seguro que el jeque está
allí –se quejó Chrissie con una mueca cómica–. Puedo
imaginarme la escena; el jeque déspota y la ligona de
un restaurante de comida rápida. Sería divertido, ¿no?

–¿Después de lo de anoche? –Isla puso un gesto de
fastidio–. Quiero una vida tranquila, no quiero más
trogloditas que me arrastren a la locura.

–No te fue tan mal –replicó Chrissie–. Conociste a
un tipo fantástico...

–Dije que conocí a un tipo...

–No me corrijas con nimiedades. Lo importante es
que nos pagaron una fortuna.

–Ya sabes, dinero extra por actividades peligrosas.

Isla se rio para disimular que quitarse la ropa delante
de una sala llena de hombres le había costado mucho
más de lo que Chrissie podía imaginarse. Que el intento
de agresión sexual hubiese ocurrido hacía años no significaba que tuviese menos miedo.

–Además, no soy una ligona, soy simpática –siguió
Isla antes de que Chrissie pudiese ver esa sombra en
sus ojos.

–El caso es que te dan más propinas que a mí.

–Que comparto –le recordó Isla entre risas–. En
cuanto al jeque, me extrañaría que lleguemos a verlo.
Si viene a cortar la cinta cuando se inaugure el edificio,
me sorprendería...

–¿Os importaría dejar de cotillear y volver al trabajo? –les reprendió Charlie con impaciencia.

Chrissie volvió con lo que tenía entre manos mientras Isla dejaba a un lado los jeques y los proyectos para terminar el pedido de café.

–¿No estás a punto de terminar tu turno? –le preguntó a Chrissie cuando pasó a su lado.

–Sí, mamá –bromeó Chrissie–, pero me quedaré encantada mientras haya jaleo y tú tengas que salir a llevar eso. No puedo perder el empleo.

–Yo tampoco puedo perder ninguno de los empleos –reconoció Isla.

Se sonrieron con tristeza. Estudiar y trabajar en distintos empleos era complicado para las dos, pero si bien Chrissie tenía un cuerpo que le proporcionaba mucho dinero en el club de striptease, Isla tenía que trabajar además en la biblioteca de la universidad. Eso, cuando no estaba haciendo su tercer trabajo, enseñar gimnasia a unos jovencitos fogosos. No se quejaba. Le gustaba la tranquilidad de la biblioteca, donde podía estudiar un rato mientras comía, y los chicos del gimnasio la mantenían en forma y motivada con su entusiasmo...

–¡Isla!

–¡Sí, jefe! El pedido de la obra está listo.

–Entonces, llévalo antes de que se quede frío.

Isla miró la lluvia que golpeaba contra el ventanal y se puso el chaquetón.

–Sí, jefe...

–Esto es una cafetería, no un observatorio de cotillas –gruñó Charlie frunciéndole el ceño.

–Sabes que me quieres –contraatacó ella con una de sus sonrisas.

–Si te empleo, es solo por esa sonrisa –reconoció él a regañadientes.

–Qué tipejo –explotó Chrissie–. ¿Qué se creerá que somos? ¿Marionetas sonrientes?

–¿Empleadas...? –sugirió Isla con su buen humor habitual–. Necesitamos este trabajo, Chrissie.

–Vas a empaparte.

–Sí, pero cuanto antes salga, antes volveré.

–De acuerdo, doña Eficiencia, saluda al jeque de mi parte si lo ves.

–Como si fuera a acercarme.

–Y si está, tendrá guardaespaldas por todos lados, pero puedes comentarle a su equipo que eres una estudiante ejemplar y que muy pronto irás a Q'Aqabi, que estarías encantada de ofrecerle tus servicios...

–¿Cómo dices? –le preguntó Isla escandalizada.

–Ya sabes a qué me refiero, doña Remilgada. Vete antes de que se enfríe el café y no te olvides de dejarlo caer.

¿Hacía mal en esperar que si el jeque había acudido a visitar la obra, ese café con chocolate blanco, caramelo y cargado de leche no fuese para él? Sonrió a Charlie cuando le abrió la puerta. Una chica tenía que tener fantasías y en las de ella había jeques increíblemente guapos y rudos que montaban caballos blancos... Jeques con túnicas que flameaban al viento y vivían en tiendas de campaña mecidas por la brisa de desierto...

–Tenéis suerte de que no os descuente el tiempo que pasáis soñando –farfulló Charlie mientras pasaba a su lado–. Si no andáis con ojo, os cobraré el desayuno.

En realidad, Charlie era afable, ladrador y poco mordedor. Además, ella no pensaba quedarse sin desayuno cuando era su única comida aceptable del día. Bajó la cabeza y fue apresuradamente hasta el barrizal. La única forma de caminar por la obra era moverse todo lo deprisa que podía sin derramar el café.

–¡Alto!

Se paró en seco y estuvo a punto de soltar la bandeja. Había llegado a una verja vigilada por un guarda de seguridad con cara de perro, pero como la verja estaba abierta, había entrado.

–No puede pasar a la obra –le comunicó el guarda con brusquedad.

–Pero me han ordenado que venga –intentó explicarle ella.

–Nadie puede pasar sin la ropa de protección y tengo que comprobar su identidad...

El guarda se acercó y ella dio un respingo. Era una reacción instintiva, una de las muchas secuelas del intento de agresión... Le daba escalofríos que un hombre la tocara, con la excepción de Charlie, quien era como un tío anciano y gruñón, y el hombre del club...

–Yo me ocuparé.

Dio otro respingo al oír la voz de otro hombre y quiso que la tierra se la tragara.

–Es usted... –dijo ella con un hilo de voz al reconocer al hombre del club.

–Sí, menuda sorpresa –reconoció él con ironía–. Yo me ocuparé –repitió despidiendo al guarda.

La reacción del guarda fue impresionante. Prácticamente se puso firme y lo saludó.

–Sí, señor.

Dos brazos muy fuertes le habían rodeado la cintura antes de que pudiera decir algo.

–¿Qué está haciendo? –consiguió preguntar ella, que se había quedado sin respiración.

Tenía que concentrarse en llevar el café mientras ese gigante la conducía. Además, por segunda vez, no tenía miedo, solo le molestaba que esa gente le complicase tanto entregar el café.

–Se me caerá la bandeja si va tan deprisa.

Aunque él no lo notaría con sus botas remachadas de acero. Un casco y una chaqueta reflectante habían sustituido a los calcetines de seda negros y a los zapatos relucientes. Si la noche anterior le había parecido grande, en ese momento le parecía enorme. Además, no parecía de los que gritarían si un café caliente caía sobre su piel desnuda. Su piel desnuda... ¡No! Jamás había pensado algo así. Jamás pensaba en los rasgos físicos de un hombre... o eso había creído hasta la noche anterior. Además, bastante tenía con que no se le cayera la bandeja de café mientras seguía las zancadas de ese hombre. Cuando llegaron a una de las casetas de la obra, ya estaba completamente alterada y cuando él le señaló la puerta, ella se negó a dar un paso más. Él se adelantó y abrió la puerta, pero le hizo un gesto con la barbilla para que pasara primero.

–Todo el mundo tiene que llevar ropa adecuada y un pase de seguridad –le explicó él.

Ella intentó ganar tiempo. No se sentía incómoda con él, como le pasaba con otros hombres, pero entrar en la caseta para estar a solas con él era mucho pedir.

–Nunca había tenido ningún inconveniente –argumentó ella–. Yo, como la mayoría de la gente de la universidad, uso la obra como atajo para llegar al café.

–Eso no quiere decir que esté bien –comentó él con una mirada que la atravesó.

Cuanto antes dejara el café, antes se marcharía de allí, pero no podía negar que agradecía el calor de la caseta. El hombre llamado Shaz había empezado a rebuscar en un perchero lleno de chaquetas reflectantes. Ella se sopló las manos y se preguntó si él tendría frío.

–Toma, pruébate esta –dijo él entregándole una chaqueta.

Al ver que dudaba, le tomó la bandeja y le rozó la piel con su mano.

–Debería quedarte mejor –murmuró él mirándola a los ojos–. Esta es más pequeña.

Dejó la bandeja y volvió para ayudarla a quitarse el chaquetón mojado. Esa vez, su mano le rozó el cuello. Ella se dijo con firmeza que había tenido que ser un accidente. Él dejó que se abrochara la chaqueta y empezó a preparar el pase de seguridad.

–¿Necesita algo más? –preguntó ella con cortesía.

–¿Acaso hay algo más?

Él levantó la cabeza y la miró fijamente. La expresión de sus ojos indicaba que sentía curiosidad por ella, lo cual le puso la carne de gallina. Tenía unos ojos increíbles, y no solo porque fuesen negros y tuviesen unas pestañas largas y tupidas. Eran los ojos más expresivos que había visto en su vida y, en ese momento, la miraban con calidez.

–¿Una pasta? –preguntó ella tragando saliva.

Él le dirigió una mirada burlona y volvió a lo que estaba haciendo.

–Necesitaré una fotografía –comentó él poniéndose entre la puerta y ella.

Él pegó su imagen impresa dentro del pase.

–Lo necesitarás la próxima vez que vengas a la obra.

Le entregó el pase y el fugaz contacto fue como una descarga eléctrica en su brazo. Retiró la mano con el pase y retrocedió.

–Es posible que la próxima vez no sea yo quien traiga el café.

–Serás tú –afirmó él con una expresión sombría–. No estoy dispuesto a dar un pase de seguridad y ropa adecuada a cada empleado de la cafetería.

–Entonces, he sacado el boleto premiado –comentó ella con cierto desánimo.

–Eso parece –confirmó él con una expresión algo más delicada.

–Gracias en cualquier caso –replicó ella colgándose el pase del cuello.

–Llévalo siempre que vengas a la obra.

–Lo haré.

Si volvía alguna vez a la obra. Por el momento, le

picaba la curiosidad. ¿Quién era? Evidentemente, alguien muy importante. Quizá fuese un arquitecto, aunque tenía las manos un poco demasiado curtidas. Estaba acostumbrado a trabajar con las manos y eso le gustaba. Irracionalmente, creía que un hombre sin pretensiones era más seguro y, aunque le parecía lo bastante rudo como para poder dirigir un equipo de hombres, no le parecía de los que recurrirían a métodos intimidantes.

–Gracias por el café –añadió él cuando ella iba a marcharse.

Entonces, dio otro respingo, pero se dio cuenta de que él solo quería darle la vuelta al pase para que se vieran los datos. Él arqueó una ceja por su reacción.

–Ropa de protección –le recordó él–. Llévala siempre que vengas a la obra.

A ella le dio un vuelco el corazón y supuso que estaba acostumbrado a provocar reacciones en mujeres... dispuestas. Aunque ella nunca se había considerado dispuesta, sino normal y franca...

–Las botas podrían ser un inconveniente –siguió él.

–Yo solo camino por el barro, no pongo ladrillos –replicó ella mirándose los pies.

Él endureció la expresión, fue una expresión de indignación, como si nadie le replicara.

–Sinceramente –siguió ella con una sonrisa–, creo que puedo olvidarme de las botas sin que pase nada, y del casco –añadió Isla cuando él miró un estante con una hilera de cascos amarillos–. Estoy segura de que sus normas tienen que tener cierta manga ancha con los visitantes...

Él la miró con un interés que la estremeció, hasta que esbozó algo parecido a una sonrisa, como si su indignación se hubiese convertido en admiración.

–La verdad es que tienes unos pies diminutos y demasiado pelo para cubrirlo con un casco.

Él hizo una pausa mientras ella se acostumbraba a la idea de que la había mirado de los pies a la cabeza y de que estaba acordándose del pelo que había visto la noche anterior.

–Aunque la chaqueta reflectante te dará calor si está lloviendo cuando vuelvas –remató él.

Volvió a estremecerse cuando él agarró las solapas de la chaqueta y se la colocó bien en los hombros. Era como si estuviese tocándole la piel, no la gruesa chaqueta impermeable. Era muy cuidadoso, aunque su contacto era firme y seguro.

–Eres diminuta.

Ella frunció el ceño. Nadie en su sano juicio diría que era diminuta, aunque comparada con él... Se puso roja y él retrocedió mirándola a la cara. Ella no supo qué decir y tomó aliento cuando él le apartó unos mechones mojados de la cara. No lo había esperado y, por una vez en su vida, deseó ser hermosa. Normalmente, era algo que le daba igual, pero, por una vez, le habría gustado que un hombre le hubiese apartado el pelo de la cara para verla mejor, no para que no se le metiera en los ojos. Si hubiese sido hermosa, quizá su fantasía se habría hecho realidad, quizá hubiese surgido el amor a primera vista con un hombre que sería delicado con ella...

–Ya está –comentó él en tono tajante.

Ese tono la devolvió a la realidad y se puso la capucha para salir a la lluvia.

–Perfecto –añadió él como si también hubiese vuelto a la relación laboral.

Sin embargo, cuando se dirigió precipitadamente hacia la puerta, se tropezó con una mesa, o se habría tropezado si él no la hubiese agarrado. Se quedó un momento entre sus brazos y se dio cuenta, sin salir de su asombro, que no se sentía amenazada por él.

Capítulo 3

UN día plomizo en Londres había tomado un inesperado tono rosado gracias a la reaparición de una mujer que lo había intrigado desde el primer momento que la vio. Había una diferencia entre bailarina de striptease y camarera de una cafetería. ¿Se había sonrojado por lo cerca que habían estado o por fastidio al verse retenida porque había infringido las normas de seguridad...? ¿Normas de seguridad? ¿Por eso había palpado su cuerpo? Ya sabía lo que había debajo de la gruesa chaqueta reflectante y su figura redondeada era la que más le gustaba. La tentación de acorralarla contra la puerta y desvestirla hasta dejarla como la noche anterior era abrumadora, pero, afortunadamente, no tenía tiempo y sí tenía sensatez. Lo que le divertía era la sensación de que si Isla supiese quién era, nada cambiaría gran cosa. Ella no se dejaba impresionar por la riqueza y la posición social. Le gustabas o no y, en ese momento, él no le gustaba.

–¿Me permite? –preguntó ella apartándolo.

Eso lo intrigaba. Para ser una mujer con tanto dominio de sí misma, la misma mujer que se había comportado con una dignidad admirable en ese indigno club, era sorprendentemente nerviosa y en ese momento, cuando estaban los dos solos, se comportaba como si fuese ingenua.

Efectivamente, había impedido que se cayera, se

reconoció ella con cierta gratitud, pero no podía dejarse llevar. No podía abrazarla hasta que se derritiera y ella tenía tan poco juicio como una polilla que volaba hacia una llama. Le dirigió una mirada de advertencia y él, caballerosamente, la soltó. Además, el destino había sido generoso con él. Cualquier hombre empapado por un aguacero parecería una rata de alcantarilla, pero él seguía estando impresionante.

−Toma, Isla...

Ella miró el dinero que tenía en la mano.

−Es lo mínimo que puedo hacer −insistió él ofreciéndole unos billetes.

−No hace falta. Solo estoy haciendo mi trabajo. No quiero ser grosera. Si... quieres dejar algo de dinero al final de la semana para que nos lo repartamos en el café, sería fantástico.

¿Qué estaba haciendo? ¿Acaso podía rechazar una propina tan generosa? No, pero le parecía mal aceptar esa propina de un hombre que no conocía casi y, sobre todo, de ese hombre. Era excesivo y, además, sospechaba que la noche anterior ya había doblado la paga de Chrissie. Por otro lado, alguien que trabajaba para el jeque tendría tanto dinero que no sabría qué hacer con él... Quizá, pero no se trataba de eso. Una muestra de agradecimiento era aceptable, pero veinte libas... No se sentía cómoda.

−De todas formas, gracias.

Esbozó una sonrisa vacilante y salió al viento gélido con el recuerdo de su contacto grabado en la cabeza. Se quitó el barro de las botas y entró a la calidez del café. Se alegró de volver a un terreno conocido. Allí se sentía a salvo de sensaciones inquietantes. Caía bien a los clientes y ellos le caían bien a ella. Según Charlie, se sinceraban con ella por su simpatía. La verdad era que necesitaba compañía como todo el mundo. Después de haber perdido a su madre y de haber saldado todas las deudas, vivía sola en una habitación encima de una tienda y le encantaba el bullicio del café. ¿Cómo no iba a encantarle la compañía, la charla y el desayuno? ¿Y los clientes que la alteraban como el hombre de la obra? Debería olvidarlo, seguramente, se marcharía al día siguiente. ¿Olvidarlo? Quizá no, pero sí intentaría concentrarse en el trabajo.

Se le hizo la boca agua por el olor. Charlie era un buen cocinero y les daba bien de comer. No era de extrañar que sonriera cuando le esperaba un día tan apetecible. Después, iría al gimnasio de la universidad. La gimnasia había sido una de sus pasiones antes de que su padre las abandonara y de que su madre cayera enferma. En ese momento, se sentía agradecida por poder ganar algo de dinero con sus conocimientos y trabajaba a todas horas para que su madre se sintiera orgullosa de ella y para cumplir su deseo en el lecho de muerte.

—Mi turno está a punto de terminar —comentó Chrissie acercándose a la barra.

—El mío también —dijo Isla con una sonrisa.

Después de la clase de gimnasia, podría pasar una tarde apacible. Quizá tuviera que ponerse todos los jerséis que tenía y acercar los pies a la estufa eléctrica, pero, al menos, tenía una casa. Cuando miró a Charlie para indicarle que había vuelto, él le respondió con el ceño fruncido, y lo entendía. Había pasado demasiado tiempo fuera. Sin embargo, cuando Charlie se fijó en su ropa, empezó a sonreír. Estaba tan mojada y hacía tanto calor en el café que soltaba vapor.

—Voy ser la recadera habitual del equipo del jeque —le explicó a Charlie—. Creo que van a necesitar mucho café mientras estén aquí.

—Así me gusta, que promociones el negocio —comentó Charlie con satisfacción.

–Y busca al jeque la próxima vez que vayas –intervino Chrissie.

–Lo haré.

Ella dudaba mucho que el jeque se dejara ver hasta que cortara la cinta para inaugurar el edificio. Se lo imaginaba duro, inmensamente rico, alto, moreno y siniestro, pero cautivador. Sin embargo, lo más probable era que fuese arrugado, barrigón y más gruñón que Charlie.

Joven, desafiante, orgullosa e interesante, pero demasiado inocente para él y no tenía tiempo para desafíos. ¿Interesante? Isla era interesante, sin duda. ¿Llevaría más lejos su interés por ella? Se guardó las veinte libras en el bolsillo trasero de los vaqueros y la miró mientras se alejaba. Era orgullosa, se había ofendido por el dinero. ¿Qué habría hecho si le hubiese ofrecido más? El dinero podía comprarlo casi todo, pero ¿podría comprarle todo lo que él quería? Dudaba que ninguna cantidad de dinero pudiera comprar a Isla. Sus ojos grises habían dejado escapar un destello cuando vio las veinte libras. Con toda certeza, había adivinado que él había aumentado su paga la noche anterior. Tenía recursos y sabía adaptarse. También era una inocente que, inconscientemente, se había metido en su mundo sensual y sombrío. ¿Cómo habrían sido sus experiencias con los hombres? Era atractiva y tenía que haber tenido alguna, pero su aire de inocencia indicaba que nadie había entrado ni en su cuerpo ni en su corazón. Sabía que no podía jugar con chicas como esas, pero ella lo atraía. Apacible por fuera, le recordaba a un volcán a punto de entrar en erupción, y quería estar allí cuando sucediera.

Le parecía hermosa y tenía esa piel de melocotón tan habitual en esas tierras. Tenía el pelo empapado, pero recordaba que en el club lo tenía largo, indomable y dorado. Los ojos eran grises y expresivos. Era baja y voluptuosa, lo encendía como no lo habían encendido desde hacía mucho tiempo, y su carácter le decía que no se aburriría ni un minuto. Le gustaba la idea. Tenía todas las cualidades de una amante, pero ¿podía arrebatarle la inocencia y desecharla cuando se hubiese saciado? Una aventura pasajera era impensable para él. Tenía que demostrar muchas cosas a su país. Tardaría toda una vida en reparar su juventud temeraria y la tragedia que había desencadenado. No haría nada que pudiera sacudir los sólidos cimientos que estaba construyendo en Q'Aqabi. Tenía el deber de encontrar una esposa adecuada y no podía perder el tiempo pensando en otra amante. Tenía que endurecer el corazón contra Isla, aunque otra parte de su cuerpo se endurecía de deseo. Llamó a sus compañeros con la esperanza de que el trabajo le obligara a pensar en otra cosa, pero, por mucho que se dijera que tenía que olvidar a Isla, no podía evitar que anhelara que llegara el siguiente descanso para tomar café y así volver a ver a la fogosa camarera.

No volvió a la obra. Podía dejarle el café al guarda de seguridad para que lo llevara y Charlie aceptó la idea. Estaban muy atareados y no podía prescindir de ningún empleado.

Al día siguiente, Chrissie le hizo el turno porque tenía que estar en la biblioteca. No estaba eludiendo a cierta persona, pero tampoco quería problemas. No estaba acostumbrada a tratar con hombres tan imponentes y no quería que pareciera que él le interesaba. Además, tenía la mejor de las excusas. Como había ganado ese premio, tenía que estar en la biblioteca cuando el jeque recorriera por fin la universidad. La directora de la biblioteca la recibió con verdadero entusiasmo porque ella sabía más que la mayoría sobre la cría de especies en peligro.

La visita del jeque había causado un gran revuelo y se levantó antes de lo habitual para prepararse. No quería dejar mal a nadie. Se recogió el pelo y se miró en el espejo. No veía al hombre de la obra, pero tampoco era un día para soñar despierta, era un día en el que podía hacer algo por la universidad que se había portado tan bien con ella. Comprobó el anodino traje gris y se dijo que si tenía el pulso acelerado era porque iba a conocer por fin al jeque invisible, no porque, quizá, en algún momento del día, tendría que cruzar la obra para tomar un café. Se puso los zapatos de tacón rojos para darse confianza. Le encantaban. Los había comprado en rebajas y eran bastante impropios de ella, pero era el día perfecto para ponérselos.

Cuando llegó a la biblioteca, descubrió que no era la única que estaba emocionada. Las silenciosas salas se habían convertido en salas de espera cargadas de tensión. El jeque de Q'Aqabi inyectaba dinero en la universidad y había donado algunos manuscritos antiguos de su colección privada. La directora de la biblioteca les explicó que él querría verlos y que ahí era donde ella entraría en escena. Volvió a mirar hacia las puertas. Independientemente de su aspecto, el jeque era, evidentemente, un hombre fascinante. Cerró los ojos y tomó aire. Normalmente, estar en la biblioteca la tranquilizaba, pero no ese día. Entonces, oyó el murmullo de una conversación que anunciaba la llegada del vicerrector y su grupo. Se preparó apara ver al jeque con su túnica al viento, pero se llevó una decepción inmensa cuando los eruditos con chaqueta de tweed llegaron acompañados de un grupo de hombres con trajes oscuros. Sin embargo, el grupo lo encabezaba... Se levantó bruscamente y el chirrido de la silla retumbó en toda la sala.

Todo el mundo se dio la vuelta para mirarla, y el hombre de la obra la miró como si fuese lo único que le interesaba de ese sitio.

¿Por qué no se lo había dicho? ¿Por qué era ella tan torpe? En ese momento se daba cuenta de que el hombre que le había dicho que se llamaba Shaz era el jeque Shazim bin Khalifa al Q'Aqabi el benefactor más importante de la universidad y su principal pareja para discutir. Además, no era barrigón ni estaba arrugado ni tenía una expresión gruñona, quizá autoritaria y, desde luego, burlona, aunque no podía extrañarle cuando le había visto vestida de tantas formas distintas. Quizá lo hubiese sabido desde el principio y había estado jugando con ella. Su servicio de seguridad tenía que haberle facilitado un informe detallado de todas las personas que iba conocer en la universidad. En ese momento, estaba en su biblioteca, el sitio que amaba y donde se encontraba segura. Sin embargo, los ojos de Su Majestad no tenían nada de seguros. Se quedó rígida mientras se acercaba y se alegró de que no pudiese oír los latidos de su corazón.

—Majestad... —lo saludó sin conseguir hacer una reverencia.

—No hace falta que me haga una reverencia.

Ella levantó la cabeza y se miraron. Pudo ver un brillo burlón en sus ojos negros.

—Esta es nuestra Atenea —afirmó con entusiasmo el vicerrector.

Ella tuvo que dejar de mirarlo a los ojos y se dio cuenta de que estaba en posición de firmes. Intentó relajarse, aunque nunca había estado tan tensa. Volvió a mirar a los ojos de Su Majestad y captó cierta curiosidad mientras el vicerrector seguía cantando sus alabanzas.

—Isla es nuestra diosa de la sabiduría, así como de la fuerza y la estrategia.

—Y de la guerra —añadió el jeque con una sonrisa

levísima–. Atenea también era la diosa de la guerra
–explicó él con una ceja arqueada cuando ella lo miró.

–¿Se conocen? –preguntó el vicerrector mirándolos
con desconcierto.

–Nos conocimos en la obra –contestó Isla aguantando la mirada ardiente del jeque–. Trabajo en la cafetería, vicerrector, y llevé café al equipo de Su Majestad,
aunque no tenía ni idea de quién era –añadió ella mirando con los ojos entrecerrados a los ojos burlones de
Su Majestad.

–¿Habría cambiado su actitud si lo hubiese sabido?
–preguntó él con delicadeza.

Ella prefirió no contestar.

–Discúlpeme, Majestad –intervino el vicerrector
para romper ese silencio tan incómodo–. Le presento a
Isla Sinclair...

Ella inclinó la cabeza por segunda vez, pero no hizo
una reverencia al imponente gigante.

–Los dos trabajarán juntos –siguió el vicerrector con
un entusiasmo evidente–. Isla ganó el premio y, según
las condiciones de su generosísimo obsequio, viajará a
Q'Aqabi...

–¿De verdad...? –murmuró Shaz como si no lo supiera–. Mis colaboradores organizaron el concurso, vicerrector, pero puede estar segura de que la recibiremos
con los brazos abiertos... señorita Sinclair.

Ella miró la mano que le tendía Shaz. Recordó el
contacto de esa mano y no se atrevió a sentir los mismo
con tanta gente mirándola. Sin embargo, era una mujer
seria, una científica, una cirujana veterinaria y su mano
había estado en todo tipo de sitios. No iba a dejar de
estrechar la mano de Shaz, aunque ya supiese el título
que la acompañaba.

–Majestad –lo saludó con decisión mientras le estre-
chaba la mano.

–Shazim –le corrigió él sin soltarle la mano–. Si vamos a trabajar juntos, tenemos que llamarnos por el nombre de pila, Isla.

–Shazim –repitió ella sintiendo un estremecimiento por todo el brazo.

Le encantó decir su nombre y supo que tenía que dominarse, aunque no todavía... Seguían estrechándose la mano cuando el vicerrector tosió para que le hiciesen caso. Ella retiró la mano inmediatamente y se agarró las manos a la espalda.

–La señorita Sinclair se crece con los retos –comentó el vicerrector.

–Tiene algunos alumnos muy interesantes, vicerrector. Estoy impresionado por lo mucho que trabajan algunos, como Isla, para pagarse los estudios. Tenemos que hablar sobre las becas y las dotaciones para que todo el que quiera pueda beneficiarse de una educación aquí.

–Cuando quiera... –el vicerrector la miró con agradecimiento–. Sé que la señorita Sinclair trabaja más que la mayoría. Aparte de los trabajos durante el día, por la tarde da una clase de gimnasia a los hijos de personas que trabajan o estudian aquí.

–¿Una clase de gimnasia? –los ojos de Shazim dejaron escapar otro brillo burlón–. Me imagino que tendrá que estar en forma, señorita Sinclair.

–El nombre de pila, por favor –le pidió ella con una mirada de advertencia.

No quería tener que pasar media hora dando explicaciones al vicerrector sobre lo que hacía en un club se striptease.

–Isla huye de las alabanzas como una gacela de un león –comentó el vicerrector con una sonrisa.

–Una comparación muy acertada, vicerrector.

Shazim le dirigió una última mirada burlona y siguió su camino.

Capítulo 4

ISLA ya sabía que a Su Majestad también lo llamaban el León del Desierto, pero ella no era una gacela. Era más bien un percherón tosco y curtido... ¿Un percherón? Mejor dicho, era como un topo que, ciego, se topaba con las verjas de un mundo regio y desconocido para ella, se dijo a sí misma mientras el vicerrector y la comitiva real se alejaban. El viaje a Q'Aqabi era la oportunidad de su vida y todavía no podía creerse que la hubiesen elegido. Había trabajado muchísimo, pero siempre había sabido que eso no garantizaba nada. Esa oportunidad significaba todo para ella y no podía permitirse que la atracción que sentía hacia Shazim la distrajera. Tenía que prepararse para la inmersión en el desierto, un mundo que la pondría a prueba con toda su inclemencia. Sabía que no se parecía a sus fantasías, pero quería afrontar las dificultades y el peligro, nunca se había hecho ilusiones en lo relativo a su trabajo. Le estimulaba trabajar con animales y el proyecto de Shazim iba a exigirle todos los conocimientos que tenía. Sin embargo, si podía aportar algo, estaría encantada de dedicarle toda su vida. Aun así, era improbable que fuesen a trabajar juntos. El jeque tendría sus obligaciones oficiales... Se levantó de un salto cuando volvió a ver a la comitiva.

—Es la hora del café —comentó el vicerrector frotándose las manos con entusiasmo.

—Espero que me disculpe, vicerrector —replicó el jeque con elegancia—, pero me gustaría ver mis manuscritos.

A Isla se le desbocó el corazón cuando él la miró

fijamente. Debía de saber que era la encargada de enseñárselos. Podía seducirla con una mirada... si fuese una mujer distinta. Aunque le sorprendía que pudiera interesar lo más mínimo al León del Desierto.

–Naturalmente, Isla lo acompañará –concedió el vicerrector–. Nadie podría hacerlo mejor, Majestad. Como dice la directora de la biblioteca, Isla pone orden en nuestras mentes confusas.

–¿De verdad? –preguntó Shazim mirándola con ese brillo burlón en los ojos.

–El vicerrector se refiere a que tengo el archivo bien ordenado –le explicó ella con modestia.

–Estoy deseando comprobarlo –comentó Shazim con el mismo brillo en los ojos.

Isla dio unos pasos y él se fijó en sus zapatos de tacón. Le intrigaba todo lo referente a ella. Cada vez estaba más convencido de que era una doncella de hierro con fuego por dentro y eso hacía que quisiera llevarla al rincón más remoto de la biblioteca, donde no iba nadie...

–Majestad...

–Claro. Por favor, usted delante...

Se había quedado distraído. Los tacones hacían que contoneara las caderas y la falda se le ceñía al trasero. Que hubiese sido la ganadora del premio era lo peor que podía haber pasado. Una aventura pasajera podría llevarse con discreción, pero iba a ir a Q'Aqabi no solo para visitar la reserva natural y las instalaciones, iba a aportar sus conocimientos y a trabajar un tiempo. En esas circunstancias, no habría aventura, ni pasajera ni de ningún tipo.

–Este es el manuscrito ilustrado del cántico...

Él no estaba escuchando, ya sabía todo lo que había que saber sobre el manuscrito. Isla podría estar contándole cualquier cosa y estaría igual de cautivado. Estaba costándole mucho contenerse, como había decidido hacer. Estaban solos en esa parte de la biblioteca, el resto del grupo había ido a la sala donde iba a servirse un tentempié. Isla estaba haciendo todo lo que tenía que hacer sin un interés aparente en él. Parecía sosegada, aunque él sabía que no era verdad ni mucho menos. No era dócil o mansa, era como uno de sus animales salvajes, libre y fogosa. También era ambiciosa y deseosa de triunfar como él. La ambición de él, compensar a su pueblo por sus errores del pasado, tenía una causa evidente, pero ¿qué impulsaba a Isla? Volvió a mirar sus zapatos. Era rebelde, ¿cómo se reflejaría eso en la cama?

–Tengo una idea mejor –intervino él cuando ella se paró en otra vitrina con un manuscrito.

–¿Cuál? –preguntó ella dándose la vuelta.

–Cena esta noche conmigo.

–¿Qué? –preguntó ella como si la palabra «cena» fuese otra manera de decir tener relaciones sexuales–. No... No creo que...

Su propuesta la había alterado. Por primera vez, estaba roja y tenía la respiración acelerada. Sospechaba que quería cenar con él, pasar más tiempo con él, pero que no quería hacer nada que pudiera poner en peligro las oportunidades que podía ofrecerle él para su carrera profesional.

–Me gustaría hablar contigo sobre la escuela de veterinaria –argumentó él.

–¿Conmigo? –preguntó ella con una sorpresa que se convirtió en recelo.

–Me gustaría oír la opinión sincera de una alumna. Serías sincera conmigo, ¿verdad, Isla?

–Claro, pero... –contestó ella mirándolo con los inteligentes ojos grises entrecerrados.

–Entonces, ¿quedamos a las ocho? Mi conductor irá a recogerte...

–Pero no sabe...

–¿Dónde vives? –preguntó él ladeando la cabeza con una sonrisa.

–¿Me ha seguido?

–El vicerrector me facilitó tu dirección y otros detalles para que mis colaboradores pudieran ponerse en contacto con la ganadora del premio.

–Claro –murmuró ella mordiéndose el labio inferior.

Mientras ella ponía en orden la cabeza, él se debatía con cosas que nunca le habían preocupado. Se podían organizar encuentros discretos con una mujer y la única condición era que los dos estuviesen de acuerdo. Sin embargo, cuando Isla estuviese en Q'Aqabi, él no podría darse ese placer. Se debía a su país y, si había juzgado bien a Isla, ella querría algo más que una aventura pasajera, algo que no podía ofrecerle. ¿Cambiarían las cosas cuando llegaran al desierto? ¿Haría él una excepción y mezclaría el trabajo con el placer? ¿Estaría ella dispuesta a pagar el precio de ese placer o la desgarraría cuando se deshiciera de ella? ¿Se desgarraría él? Ninguna mujer podía hacer eso. Todos sus sentidos se aguzaron cuando Isla tomó aire y sacudió la cabeza.

–Me temo que es imposible...

–¿Tienes otro compromiso previo?

–Sí –reconoció ella mirándolo a los ojos con inocencia–, con mis estudios.

–Pero quiero hablar contigo precisamente de eso. Sé que tus esperanzas profesionales son especializarte en la conservación de especies en peligro...

–No son mis esperanzas –lo interrumpió ella–. Voy a especializarme –añadió con una firmeza que él tuvo que admirar.

–No hay ningún sitio mejor que Q'Aqabi. Tenemos especies que están a punto de extinguirse y un programa específico para salvarlas.

–¿Está ofreciéndome un empleo antes incluso de que esté allí? –le preguntó ella con una mirada desafiante y provocativa a la vez.

–Creo que será mejor que antes te ponga a prueba, para saber como... te adaptas.

Él le dirigió otra mirada burlona y ella la aguantó con seriedad y una ceja arqueada, como si preguntara si seguían hablando de su futuro profesional. Ese proyecto lo significaba todo para él y también se puso serio. Decidió que si Isla era tan buena como decían, conseguiría el empleo.

–El equipo que trabajará en mi reserva natural no está completado todavía, pero tus conocimientos y tu evidente devoción por ese trabajo te colocan en una buena posición.

Ella se relajó y él volvió a preguntarse por su experiencia con los hombres. Cuando se trataba de su amor hacia los animales, no vacilaba, pero cuando se trataba de coquetear con los hombres, daba un paso adelante y dos atrás.

–Quiere cenar conmigo –confirmó ella con el ceño fruncido–. ¿Será para hablar de su reserva natural y de la nueva escuela de veterinaria?

–Entre otras cosas. Estoy seguro de que no nos faltarán temas de conversación.

–Espero no decepcionarlo...

Él no supo si se refería a su atractivo como persona o veterinaria, pero sí sabía que ya había esperado demasiado su respuesta.

–¿Aceptas la invitación o no?

Sus ojos dejaron escapar un destello, pero no se enfrentaría a él cuando lo que más anhelaba era visitar Q'Aqabi y había trabajado tanto para conseguirlo.

–¿Qué contestas, Isla?

Ella levantó la barbilla y lo miró a los ojos con ingenuidad.

–Sí, Majestad, cenaré con usted, gracias.

Capítulo 5

EL YA estaba cantando victoria, porque creía que Isla había aceptado cenar con él, y, cuando ella añadió cuatro palabras demoledoras.

–Pero no esta noche.

–¿Cuándo? –preguntó él en tono tajante.

–En Q'Aqabi –contestó ella–. Cenaré con usted en Q'Aqabi, cuando tengamos algo interesante que contarnos, si no, lo aburriré mortalmente.

Nada podía parecerse menos a la verdad.

–Tu atrevimiento al rechazar una invitación del hombre que ha donado ese premio que te importa tanto es...

–¿Increíble? –preguntó ella–. Es posible que lo parezca, pero esta carrera significa todo para mí.

–¿Y me lo demuestras chantajeándome?

–Solo pido una oportunidad –replicó ella con vehemencia–. Pido una tarea en su proyecto... una tarea de verdad. En realidad, lo suplico. No puedo permitirme ser orgullosa cuando es lo que he querido toda mi vida. Además, sé que puedo ayudarlo. He aprendido las técnicas más recientes y estoy segura de que puedo aportar mucho a sus planes. Ya estoy entusiasmada...

–¿No estás dando muchas cosas por sentadas? –la interrumpió él.

–¿De verdad? –preguntó ella con la desesperanza reflejada en los ojos.

Él no pensaba retirarle el premio. Según el vicerrector, Isla había sido una alumna sobresaliente y él estaba seguro de que podía aportar muchas cosas. Su único inconveniente era que bajo ese exterior frío había una mujer obstinada y apasionada... ¿No era eso lo que le gustaba de ella?

—Es posible que tengas que oír mis condiciones antes de que te... entusiasmes demasiado.

—¿Sus condiciones? —preguntó ella con cautela.

—Irás al desierto, que no es como te lo imaginas —ella puso una expresión desolada—. Es muchísimo más hermoso, pero también puede ser un infierno. Un paraíso que, en cuestión de minutos, puede convertirse en el lugar más peligroso de la tierra. Tú, como especialista en tu campo, tienes que conocerlo y aprender a sobrevivir allí.

—Estoy dispuesta —declaró ella con firmeza.

—Te enseñarán todo lo que tengas que saber, pero si no demuestras tu valía, te marcharás.

—¿Estará usted allí?

Él supuso que lo había dicho sin darse cuenta y estaba roja como un tomate, pero ¿estaría en el desierto? ¿Volvería a recorrer el camino de aquel joven temerario hasta el lugar de la tragedia?

—Demuéstrame que eres la más capaz y dispuesta de mi empleados y podrás quedarte en Q'Aqabi para trabajar con mis otros empleados capaces y dispuestos —dijo él sin contestarle.

Isla tragó saliva y él supuso que estaba imaginándose que tenía un harén lleno de empleadas dispuestas.

—Eres el más prometedor de todos los alumnos que hay aquí —siguió él para sofocar su imaginación calenturienta—. Si no, no recibirías esta oportunidad. Si sabes aplicar tus conocimientos teóricos...

—¡Gracias! —exclamó ella antes de que él pudiera terminar—. ¡Gracias!

Fue como si hubiese liberado toda la tensión de

golpe y cuando dio un paso, pareció como si fuese a abrazarlo. Afortunadamente para los dos, dominó el impulso y se quedó delante de él vibrando por la emoción. En su mundo, no conocía el contacto físico que no hubiese iniciado él. No había conocido el cariño de niño, lo habían criado en la guardería para los hijos de las distintas esposas reales. Su hermano mayor había intentado compensar la falta de amor de sus padres, había sido como un padre para él, pero su hermano llevaba muchos años muerto.

Se relajó e, incluso, le sonrió a Isla. Su muestra de gratitud desinhibida lo había emocionado más de lo que ella se daba cuenta, y también lo había excitado.

–Discúlpeme, Majestad...

Los dos se dieron la vuelta cuando oyeron al vicerrector. Él no sabía cuándo había vuelto la comitiva, pero sospechó que habían visto a Isla moverse como si fuese a abrazarlo porque su anfitrión lo miraba con preocupación, como si se preguntara si ella habría roto el protocolo y habría puesto en peligro las excelentes relaciones entre Q'Aqabi y la universidad.

–Me atrevo a recordarle que tenemos un programa muy apretado –siguió el vicerrector con un nerviosismo evidente.

–Tiene razón, vicerrector –lo tranquilizó él–. Le pido que me disculpe por haber ocupado tanto del valioso tiempo de la señorita Sinclair, pero ha sido una fuente de información y una compañía fascinante con un punto de vista distinto sobre muchas cosas.

–Estamos de acuerdo en eso –reconoció el vicerrector con alivio–. Tiene el mejor expediente académico de la historia de la universidad y no encontraría a nadie mejor para su equipo.

–Estoy seguro de eso –concedió el jeque mirando a Isla con una ceja arqueada.

Ella no sabía si sonreír o seguir inexpresiva ante el alud de alabanzas, pero, al menos, no sonrió con arrogancia.

–No le decepcionaré ni a usted ni a la universidad –les dijo ella con sinceridad.

–Sabemos que no lo harás, querida. Majestad...

El vicerrector se apartó y le indicó al jeque que pasara delante para unirse a la comitiva.

–Nos veremos en Q'Aqabi, señorita Sinclair –murmuró él al pasar a su lado.

Se estremeció por dentro cuando Isla bajó la mirada y se mordió el labio inferior, se preguntó si estaba reflejando el compromiso que había adquirido.

Estaba hundiéndose, se dijo a sí misma mientras revolvía un café en su mesa. No había cambiado de opinión sobre ir a Q'Aqabi, había trabajado como una mula para conseguir el premio, y la oferta de Shazim para tener un empleo después de su visita a Q'Aqabi era como si todos sus sueños se hubiesen hecho realidad a la vez. Además, demostraría su valía costara lo que costase. Sin embargo, ¿podría trabajar con él? ¿Podría ver a Shazim todos los días sin pensar en cosas que no tenían relación con el proyecto que significaba tanto para los dos? Tenía que plantearlo de otra manera, ella era una veterinaria recién licenciada y con mugre debajo de las uñas mientras que él era un jeque poderoso con más atractivo sexual que todos los granos de arena del desierto. No solo eran incompatibles, eran dos mundos distintos. Shazim no le había contestado si estaría en el desierto a la vez que ella, pero lo dudaba muchísimo. Tendría que hacer otras muchas cosas. Naturalmente, le gustaría que él le enseñara los secretos del desierto, no podía pedir más que ver esa naturaleza peligrosa a través de sus ojos, pero el mundo sensual de tiendas de campaña y pasión insaciable junto a un oasis bajo las estrellas solo era una fantasía, como le había recordado él, y no se parecería nada a lo que iba a ver. Sin embargo, si veía algo parecido y pasaba algún tiempo con Shazim en el desierto... No iba a suceder, pero si sucedía y por una increíble casualidad aprendía a confiar otra vez y tenían una aventura, no le importaría pagar el precio de quedarse con el corazón desgarrado, al menos, desde esa distancia.

La llegada al aeropuerto de Q'Aqabi fue una decepción. No porque el aeropuerto careciera de algo, sino porque tenía demasiado de todo. Era el aeropuerto más lujoso, moderno, eficiente e impresionante que había visto, cuando ella había esperado un poco de magia y misterio. Además, no había ni rastro de Shazim. Claro que no había ni rastro de Shazim. Su Majestad se había marchado de Londres mucho antes que ella en su avión privado. ¿Acaso había esperado que el gobernante de ese país hubiese desplegado una alfombra roja para recibir a una veterinaria recién licenciada y a su vulgar equipaje? No, pero quizá sí hubiese esperado captar cierto olor a sándalo y ver algunos granos de arena en el suelo de mármol... Por favor... Se trataba de dinero del petróleo del siglo XXI. Había un mar de oro negro bajo sus pies y una reserva natural en algún sitio del desierto esperándola para que empezara a trabajar.

–Bienvenida a Q'Aqabi, señorita Sinclair...

Se dio media vuelta y vio a una joven como de su edad con unos ojos oscuros, almendrados y muy afables.

–Su Majestad me ha pedido que venga a recogerla para llevarla al palacio... Me llamo Miriam, pero mis amigos me llaman Millie –le explicó la chica.

–Encantada de conocerte, Millie –las dos se sonrieron y se estrecharon la mano–. Creía que iba a alojarme en un hotel.

–Su Majestad ha pensado que, como ganadora del premio, debería recibir el honor que alojarse en el palacio.

¿Cerca de Shazim? El corazón le dio un vuelco. Una cosa eran los sueños, pero eso era demasiado real.

–Su Majestad es muy amable –consiguió decir.

–Nuestro rey es el mejor de los hombres. Pronto irá al desierto –añadió Millie al captar parte de su decepción por no ir directamente a la reserva–. Aunque espero que le apetezca la ceremonia de entrega del premio esta noche.

–Sí, mucho –reconoció ella consciente del honor–. ¿Su Majestad acompañará a nuestro grupo al desierto?

–No estoy segura –contestó Millie–. Su Majestad solo va al desierto cuando es estrictamente necesario.

–Entiendo.

No lo entendía en absoluto. ¿Era el gobernante de un reino del desierto que solo iba al desierto cuando era necesario? ¿Cómo supervisaba su reserva? ¿Cómo visitaba a su pueblo esos remotos poblados? Era un misterio y pensaba llegar al fondo del asunto, aunque, por el momento, tendría que conformarse con montarse en la limusina para que Millie no siguiera esperándola.

Millie se despidió y cerró la puerta. Ella se quedó aislada en el lujoso interior. Antes de montarse, solo había podido ver unos rascacielos blancos contra el más azul de los cielos. Miró por la ventanilla y se quedó fascinada por los exuberantes espacios verdes y las amplias plazas que pudo ver, se quedó con una sensación de orden y discernimiento que, para ella, tenía que ser obra de Shazim. Había leído en algún sitio que todo lo que hacía era en honor a su hermano difunto y esa ciudad inmaculada era un homenaje maravilloso. Se preguntó si Shazim estaba tan atado a sus obligaciones que no tenía tiempo para sí mismo. Le había parecido un hombre distante a pesar de su riqueza, de su poder y de sus esporádicos destellos de humor.

Le preocupó que sus sentimientos hacía él fuesen cada vez más profundos. No podían llevar a ninguna parte. Estaba perdiendo el tiempo, peor aún, estaba pensando en otra cosa cuando ese viaje era vital para ella. Tenía que dejar de pensar en Shazim, aunque no sabía cómo iba a conseguirlo. Su preocupación siguiente no fue tan apremiante, pero sí muy real. La limusina pasó entre unas verjas doradas y enormes y deseó haber llevado algo más elegante que esa ropa cómoda para viajar. Habían llegado al palacio y, pensándolo bien, no creía que ninguna ropa hubiese estado a la altura. El palacio era precioso, con torreones, cúpulas y minaretes, como sacado de un cuento de hadas. El mármol era de un blanco resplandeciente con vetas de un rosa muy pálido. Además, era un edificio tan grande que por mucho que mirara alrededor, no podía verlo entero. El conductor había parado el coche delante de unos escalones de mármol muy anchos donde un grupo de hombres y mujeres vestidos con túnicas esperaban para recibirla. No había ni rastro de Shazim, pero cuando el conductor le abrió la puerta y se apartó, un hombre con una túnica blanca y un pañuelo en la cabeza, que ya sabía que se llamaba *kufiyya*, se acercó para saludarla.

—Su Majestad le da la bienvenida y espera que su estancia aquí sea de su agrado.

Cuando se inclinó sobre su mano en vez de estrechársela, se le secó la garganta ante la tarea tan enorme que tenía por delante.

—Por favor, dé las gracias a Su Majestad y dígale que estoy encantada de estar aquí.

Isla se dio cuenta, con un miedo creciente, de que no estaba acostumbrada a tanto formalismo y de que tendría que hacer un esfuerzo. Todo lo que la rodeaba era desproporcionado, nada habría podido prepararla para eso. Entró entre unos centinelas con túnicas de gala y unos sables enormes y le presentaron a su doncella, quien la acompañaría a sus aposentos.

El esplendor del palacio por dentro la dejó sin respiración. El mármol, los dorados, la marquetería, las joyas de las puertas, la luz, los muebles, los techos altísimos, las habitaciones del tamaño de campos de fútbol, los pasillos decorados con obras de arte... Había patios interiores con naranjos y pájaros que cantaban como si estuviesen en un parque. Era increíble, su endeble imaginación nunca habría podido imaginarse algo así. Tenían que haberse empleado infinidad de artesanos con mucho talento para crear un palacio como ese. Además, se olía a sándalo y especias, como siempre había soñado y esperado.

Una vez instalada en sus espléndidas habitaciones, su mayor preocupación fue qué ponerse para la ceremonia. No había podido comprarse ropa nueva y, con la ayuda de Chrissie, había llevado el traje gris que usaba en la biblioteca, una blusa barata con encaje y unos cómodos zapatos con tacón bajo. Además, se había recogido el pelo en una coleta. La austera vestimenta podía ser apropiada en Inglaterra, pero allí parecía poca cosa. Se sintió más incómoda todavía cuando tuvo que abandonar el refugio de sus aposentos para acompañar al grupo de personas que había ido a recogerla. Todos iban con elegantes uniformes o túnicas de seda. Se sentía como un gorrión entre aves del paraíso. Intentó convencerse de que tenía que sentirse segura, de que ya no era una niña pequeña en la puerta de servicio de lord y lady Anconner, donde trabajaba su madre, de que estaba allí porque había trabajado muchísimo y su vida no era el lujo y los privilegios. Además, pronto se marcharía al desierto, donde empezaba el trabajo de verdad.

El grupo se paró ante la inmensa puerta doble del salón donde se celebraría la ceremonia. Se quedó sin respiración, pero la aventura acababa de empezar. Las paredes del salón eran doradas y el suelo era de mármol con incrustaciones de oro. Había un trono al fondo que, naturalmente, también era dorado. Se estremeció al ver que Su Majestad el jeque Shazim bin Khalifa al Q'Aqabi ya estaba sentado con una magnífica túnica negra. Sus acompañantes retrocedieron, sonó una fanfarria y empezó el recorrido más largo de su vida.

Él se apoyó en el respaldo del trono. Ver a Isla lo alteraba por dentro. Estaba más hermosa que nunca. Su traje oscuro era muy apropiado para la ocasión. Su proyecto no era nada frívolo, tenía una importancia vital y se merecía toda la seriedad que ella le había dado. En su opinión, no podía haber elegido mejor su vestimenta y agradecía que lo hubiese tenido en cuenta. Se acercaba mirándolo a la cara. Se levantó cuando llegó a los escalones y tomó aire cuando se detuvo delante de él. Pudo captar su olor a flores y al jabón que usaba para ducharse. Era hermosa, era especial, era Isla.

—Enhorabuena —le felicitó mientras le entregaba el diploma—. Estoy deseando que traiga ideas nuevas a nuestro proyecto.

—Eso es lo que yo también deseo —replicó ella mirándolo a los ojos.

—Eso y una cena, me imagino... —comentó él en voz baja.

—¿Cómo dice? —murmuró ella.

—Una cena —repitió él—. ¿No te acuerdas de que en

Inglaterra me prometiste cenar conmigo cuando tuvieras algo de lo que hablar? Creo que tu viaje al desierto lo merece, ¿no? Me imagino que habrás estado preparándolo y yo, desde luego, tengo muchas cosas de las que hablar.

—Su Majestad es muy amable al brindarme la ocasión de hablar de la reserva natural —contestó ella inclinando la cabeza—. Estaré encantada y muy honrada de cenar con usted.

Pareció más segura. Una cena era inofensiva, sobre todo, cuando sabría que esa noche iba a celebrarse el banquete oficial. Lo que no sabía era que él tenía pensado algo distinto.

—Irán a buscarte.

—¿A qué hora? —preguntó ella.

Él tomó aire. No estaba acostumbrado a que le hiciesen preguntas, daba órdenes y se obedecían.

—A las nueve —contestó con cierta brusquedad.

—Pero el banquete es a las ocho... —ella no siguió al ver un brillo en sus ojos—. ¿Majestad...?

—A las nueve en punto —repitió él.

Entonces, sonó otra fanfarria que indicaba que la ceremonia había terminado y que la señorita Sinclair tenía que volver a sus aposentos para prepararse para cenar con el jeque.

Capítulo 6

PIDIÓ que se preparara un bufé en la balconada que daba al oasis. Con la ayuda de su jardinero jefe, había elegido personalmente las flores en el invernadero. Había rosas blancas, agapantos azules como el zafiro, rosas color melocotón y verónicas... todos los colores del atardecer. Las miró y le gustó el efecto. La mesa tenía un mantel de lino blanco como la nieve, candelabros de plata con velas encendidas y una cristalería que resplandecía a la luz de la una. Se sentarían en cojines, como era costumbre en su país. Un grupo de músicos tradicionales, un poco alejados, acompañarían a las cigarras del desierto y al canto de los búhos. Hasta él, el menos romántico de los hombres, tenía que reconocer que lo que habían conseguido sus colaboradores era impresionante. Jamás se había tomado tantas molestias por nadie.

—La ganadora del premio se merece lo mejor —le comentó al chambelán mientras el anciano inclinaba la cabeza y se retiraba con todo el mundo—. Hay que mostrar la mayor cortesía y gratitud a cualquier persona que venga a ayudar a Q'Aqabi y a la reserva natural.

—Claro, Majestad —concedió su consejero en un tono delicado—. Estoy seguro de que la señorita Sinclair lo agradecerá.

Él no quería que lo agradeciera, quería que fuese feliz. Uno de los dos debería serlo. Sin embargo, ¿acudiría? ¿Por qué no iba a tener recelos? No estaba siendo completamente sincero con esa cena. Efectivamente, esa cena era un obsequio suyo y de su país, pero ¿habría hecho lo mismo por cualquiera? Había un banquete oficial para agasajar a quienes habían obtenido mejores resultados, pero ni siquiera se había quedado lo bastante como para comer algo y había vuelto con Isla. Sin embargo, ni siquiera podía estar seguro de que ella fuese a acudir cuando cualquier otra mujer habría ido corriendo a cenar con Su Majestad al jeque.

Miró la luna y la posición de las estrellas, en vez del exclusivo reloj de muñeca, y se dio cuenta de que las viejas costumbres estaban muy arraigadas. Había eludido esos conocimientos durante demasiado tiempo porque ese asunto, al menos en teoría, había sido exclusivo de su hermano. Creía que su derecho a utilizar esos conocimientos había muerto trágicamente con su hermano, pero había recuperado esa facultad y el cielo volvía a ser su referencia para medir el tiempo. Eran las nueve, ¿podía saberse dónde estaba ella?

Isla, disfrutando de un tiempo libre que no tenía nunca, estaba dándose un baño que le había preparado la misma doncella sonriente que la había acompañado a sus aposentos. Tenía todo lo que había llegado a soñar. Hasta las enormes toallas eran más suaves y esponjosas y los frascos de cristal con aceites perfumados eran más hermosos que funcionales, como los tubos de plástico a los que estaba acostumbrada. Las paredes de la estancia, no podía llamarla cuarto de baño, tenían hileras de lapislázuli que le daban un tono azul como el de el cielo por la noche. Hasta los grifos de plata resplandecían como las estrellas. La doncella había insistido en encender cientos de velas muy pequeñas para que el efecto fuese más impresionante todavía. Además, en ese momento, comprobó que la doncella también le había preparado unos vestidos de seda para que eligiera el que más le gustaba.

–Por el calor –le explicó la doncella en su inglés rudimentario y con una sonrisa encantadora.

Jamás la habían tratado así. Su único contacto con el lujo había sido con los empleadores de su madre, pero lord y lady Anconner las habían tratado como a máquinas, como a personas sin sentimientos que no eran dignas de sus atenciones. Eso era el mayor contraste posible, se dijo mientras miraba boquiabierta la relación de vestidos.

–No sé por dónde empezar, me siento impotente, ¿puedes ayudarme? –le preguntó a la doncella mientras intentaba explicarse con gestos.

Solo tenía un vestido, el gris que se había puesto en la graduación. Esos eran de todos los colores del arco iris y no sabía qué hacer. La doncella eligió dos. Uno era rosa, del tono del horizonte al atardecer, y el otro, azul claro con adornos de plata.

–¿Cuál elegirías tú?

La doncella levantó el azul, señaló hacia arriba para indicar el cielo e hizo un gesto para representar el sol, el origen de toda la vida. Luego, se tocó el corazón y el abdomen como si estuviese embarazada. Ella intentó disimular la sorpresa, tenía que tomar una decisión.

–Me encanta el que has elegido.

Aunque no por el mismo motivo que la doncella. El miedo la atenazaba. Sería muy ingenua si creía que Shazim la había invitado a cenar para preguntarle por su trabajo. A ella podría parecerle imposible que la mirara con interés por algo que no fuesen sus conocimientos, pero para los demás... La doncella tosió con discreción y señaló el precioso reloj dorado que había en una mesilla.

Estaba mirando el oasis vacío, que podía ser un símbolo de su vida. Así había visto su vida desde que perdió a su hermano. Detrás tenía una mesa llena de exquisiteces, pero ni siquiera podía estar seguro de que Isla fuese a acudir. Se le despertaron los sentidos cuando la oyó.

—Isla...

Su rostro tuvo que delatar que no estaba saludando solo a la ganadora del premio que podía hacer tanto por su país y por el proyecto de su hermano, sino a la mujer que deseaba en su cama. Estaba maravillosa y, por un instante, se quedó mudo. Había llegado a esperar que llevase unos vaqueros o el discreto traje gris que se había puesto para la ceremonia, pero esa mujer tan pragmática estaba flotando en el vestido más refinado que había visto en su vida. Le llegaba hasta los tobillos y las capas de seda ondulaban a su alrededor mientras se acercaba a él. Además, se había soltado el pelo. ¿Tenía la más mínima idea de lo hermosa que estaba? Creía que no. Isla era natural, directa y sincera. Se paró en seco al ver la escena que había preparado.

—Shazim, esto es... —ella no pudo seguir e hizo un gesto de impotencia—. No puedo describirlo. No sabía que hubiese un oasis detrás del palacio y las velas... Es increíblemente bonito. No tenía ni idea de que fueses tan romántico —añadió ella mientras intentaba asimilarlo.

—Lo han hecho mis colaboradores —replicó él encogiéndose de hombros—. Querían que la ganadora del premio viviese una experiencia inolvidable mientras estuviese aquí.

—Te has tomado demasiadas molestias... o tus colaboradores —insistió ella—, pero lo agradezco mucho.

Aunque la conocía poco, sabía lo pragmática que era y le sorprendió que le temblara la voz, como si le conmoviera el esfuerzo que habían hecho por ella. Quizá también le costara demostrar sus sentimientos. O quizá fuese por las molestias que se había tomado él para ponerla nerviosa. Eso también era posible.

–Dale las gracias a tus colaboradores de mi parte –comentó ella mientras se inclinaba para oler las flores.

Entonces, se incorporó, se apartó un poco el pelo, y, para sorpresa de él, vio que tenía lágrimas en los ojos.

–Ya sé que estoy siendo una tonta, pero nadie había hecho algo así por mí y me gustaría...

Se calló y se dio media vuelta. Él se acercó, la agarró con delicadeza de los brazos y, desde detrás de ella, miró el oasis.

–Te gustaría que lo viera tu madre –susurró él.

–¿Lo sabes?

Isla parpadeó para contener las lágrimas y lo miró. Debería haberse acordado de que él le había dicho que la universidad le había facilitado información de ella.

–Naturalmente, tus colaboradores habrán investigado todos los datos de las personas que vas a conocer –murmuró ella frunciendo ligeramente el ceño.

–Tienes que echar de menos a tu madre.

–Sí, muchísimo –reconoció ella.

No supo cuánto tiempo se quedaron en silencio, solo supo que parecía como si Shazim entendiera su dolor y que la emoción se adueñaba de ella. Estaba enfadada consigo misma por mostrar debilidad, pero, algunas veces, le costaba disimular el dolor que sentía por la muerte de su madre. Además, para más desconcierto, también se sentía feliz por haber cumplido el deseo de su madre y haber vuelto a la universidad. No podía decepcionar a su madre en ese momento, pero lo haría si no llegaba a cumplir sus expectativas. También sentía ese anhelo de que Shazim la abrazara, pero tenía que dejar de desear cosas que no podía conseguir, cosas que solo la distraerían de su verdadero objetivo...

–¿Comemos algo? –propuso él.

–Me encantaría comer, estoy hambrienta –se dio la vuelta y el corazón le dio un vuelco al ver que Shazim estaba sonriendo–. Todo parece delicioso.

–Mis colaboradores han trabajado mucho, no podemos decepcionarlos.

Comieron y charlaron tranquilamente mientras intentaba asimilar que estaba cenando con un jeque en un ambiente tan fabuloso. Había hecho bien en esperar hasta que habían tenido algo interesante que decirse, como había propuesto ella. Se había estudiado todo lo referente a Q'Aqabi y lo obligó a repasar información que llevaba mucho tiempo sin tener en cuenta. Había querido borrar tantas cosas que se alegró de que ella hubiese reavivado sus recuerdos.

–Y ahora tienes que enseñarme el desierto. Quiero verlo a través de tus ojos...

Ella lo dijo con avidez en los ojos, pero la réplica de él fue tajante.

–No.

Le había pedido lo único que no podía hacer, pero reculó con sorpresa por su reacción.

–Tengo unos rastreadores magníficos, los mejores en su terreno –añadió él para suavizar el golpe–. Te enseñarán todo lo que tengas que ver.

Isla tardó un momento en reponerse. Estaba claramente aturdida por su repentino cambio de humor. Cuando volvió a hablar, también había cambiado. Lo hizo con cautela y casi con sumisión, hasta el punto que él estuvo a punto de rugir. No quería la sumisión de Isla, quería su sinceridad y que le dijera con franqueza lo que pensaba, como antes.

–Lo siento, Majestad. Entiendo que tiene cosas mucho más importantes que hacer.

Nada podía estar más alejado de la verdad. ¿Qué podía hacer que fuese más importante que visitar el proyecto que habría significado tanto para su hermano? Había contratado a los mejores cerebros, a los mejores rastreadores y el mejor material. El dinero no era un impedimento y no iba a ahorrar esfuerzos. Se había acostado muy tarde durante años para hablar de cada fase del programa con expertos en la materia. Sin embargo, ¿había visto en persona el resultado de tantos desvelos? ¿No había llegado el momento de hacer frente a sus demonios y de volver al desierto? ¿Esa mujer extraordinaria había sacado a relucir el único fallo de su plan? ¿Le había demostrado en solo una noche que un proyecto sin un corazón estaba destinado al fracaso, que no prosperaría y no duraría? Se levantó de un salto y la miró fijamente.

–Te llevarán a tus aposentos todo lo que necesites para ir al desierto. Estaré esperándote mañana temprano, al alba.

Se alejó dando grandes zancadas y ella se quedó mirándolo sin salir de su asombro.

Después de una noche agitada, en la que no había parado de preguntarse si había ofendido a Shazim, se levantó antes de que amaneciera. Estaba emocionada ante la idea de visitar el desierto con él, pero también tenía cierto miedo. Todo lo que sabía lo había aprendido en los libros, pero ¿estaría a la altura cuando se encontrara con la realidad?

Shazim no la tranquilizó. Cuando lo encontró a los pies de la escalera, tenía un aire sombrío y nunca lo había visto tan distante. ¿Lo había alterado? Con unos

vaqueros, una camiseta ceñida y las gafas de sol sobre
la cabeza, parecía más el especialista en escenas peligrosas de una película que un hombre rudo del desierto.
Era demasiado guapo para ser real, pero las apariencias
podían engañar y, según lo que había oído y visto de
Shazim, era de acero templado.

Tomaron un ascensor hasta el tejado del palacio,
donde los esperaba un helicóptero negro. Jamás se había montado en un helicóptero y le ponía nerviosa. Solo
se montó porque el dominio de sí mismo de Shazim la
tranquilizó. Él iba a pilotarlo e intentó no mirar al suelo
mientras le ponía el cinturón de seguridad.

Shazim se puso los auriculares, comprobó algunas
cosas y habló con la torre de control. Sentada a su lado,
podía verlo todo y su seguridad la ayudó a dominar los
nervios mientras despegaban. Se relajó tanto que pudo
disfrutar de la vista... y no solo del desierto que se exten-
día hasta el infinito por debajo de ellos, también del hombre que tenía al lado. Era poderoso, seguro de sí mismo y
tranquilo. Tenía los hombros de un guerrero, pero era
protector con su pueblo... y sus manos largas y bron-
ceadas, las manos que la habían agarrado de los brazos
con tanta delicadeza la noche anterior, hacían que anhelara estar entre sus brazos. Quería saberlo todo de él, lo
que lo entristecía, lo que lo alegraba y lo que hacía que
sonriera. Nunca había sentido eso por un hombre y,
después de su experiencia con el hombre que la había
agredido, creyó que nunca podría sentirlo. Era sensata,
pragmática y competente. Tenía fantasías, pero nunca
se había planteado llevar esas fantasías a la vida real.

Tener a Isla a su lado y en la cabeza era como un
bálsamo en una herida abierta. Sin ella, podría haber
pospuesto ese viaje toda la vida. Volver al desierto era

como una peregrinación para él. Le debía a su hermano que Isla y sus ideas entraran en el proyecto y cada vez tenía más ganas de adoptar el papel que se había negado durante tanto tiempo. Estaba impaciente por aterrizar, quería volver a sentir la arena bajo las botas. Quería a Isla en su equipo, independientemente de que la quisiera o no en su cama. Era leal y resistente, nada la alteraba, y él menos todavía. Era firme y siempre hacía lo que creía que estaba bien. ¿Era demasiado firme? Sonrió levemente. Le gustaba ese desafío. La miró y ella sonrió ligeramente, aunque él captó lo emocionada que estaba. Le hizo un gesto para indicarle que iban a aterrizar.

–¿Vamos a aterrizar? –preguntó ella agarrándose al asiento.

–Sí.

Decidió tener cierta consideración con su pasajera y no volar como solía hacerlo. Estaba tenso por volver al escenario de la tragedia y estaba volando al límite. Ni siquiera debería estar pensando en una mujer que debería ser la menor de sus distracciones cuando tenía que llevar a cabo tantas cosas, se dijo mientras aterrizaba. ¿La menor de sus distracciones? ¿Por eso ordenó a su equipo de seguridad que la vigilara cuando se marchó del club de Londres? Era la mujer que lo había reavivado como una centella en el corazón. Había alterado su vida cuando había creído que sería un páramo emocional para siempre. Había conseguido que lo viera todo de una forma distinta, hasta el punto que ella no vería el desierto a través de sus ojos, sino que sería él quien vería esa tierra que había amado tanto a través de los de ella.

Capítulo 7

ISLA siempre estaba ávida de aventuras y experiencias nuevas, como él cuando era joven. No habían aterrizado casi cuando ya le había pedido que visitaran la clínica. El Jeep estaba esperándolos y la llevó allí. Nada más apagar el motor, ella se puso el sombrero y salió al sol abrasador. Le divertía pensar que, por una vez, él no sería la atracción principal ni tomaría la iniciativa. La siguió dentro del edificio y se quedó observándola. No tuvo que presentarla, lo hizo ella sola antes de remangarse y ponerse a trabajar. Tres horas más tarde, seguía allí trabajando con sus rastreadores. Él estaba en el corral, donde se albergaban a los animales hasta que los liberaban, y sintió una punzada de celos mientras ella trabajaba con sus hombres. Sus rastreadores eran hombres rudos y apuestos e Isla había conseguido que los hombres del club cayeran rendidos a sus pies. Su sangre de guerrero le había hervido al verlos devorándola con la mirada, aunque ella los había manejado con frialdad y aplomo, como lo había manejado a él. Ni siquiera cambió de actitud cuando descubrió quién era él.

Isla Sinclair era una guerrera. Admiraba sus agallas y su empeño para hacer el trabajo que amaba, y para ayudar a los demás. El gerente del club le contó que se había presentado en el último momento para ayudar a una amiga y que había tenido tanto éxito que quiso ofrecerle un empleo. Él había descartado esa idea y, aunque en ese momento no había sabido el motivo, su intuición le había dicho que había cierta vulnerabilidad

bajo la actitud aguerrida de Isla. No sabía cuál era el
origen, pero no iba a tolerar que otros hombres se apro-
vecharan de ella...

–Majestad, ¿pasa algo...?

Al ver la expresión de sus rastreadores, se dio cuenta
de lo sombría que debía de ser la suya y dejó de pensar
en Isla. Negó con la cabeza y no dijo nada mientras
pasaban por el punto que había evitado durante tantos
años. El saliente del barranco donde su vida había cambiado para siempre estaba en la reserva, era el centro de
la reserva, y no volvería a evitarlo. El desierto también
estaba ejerciendo su magia en él, se dijo mientras se
paraba para mirar alrededor. ¿Podría resistirse Isla a esa
magia? Se estremeció ante la idea de descubrirlo.

El primer contacto con el desierto no la decepcionó lo
más mínimo. El palacio había sido fabuloso y una viven-
cia muy reveladora, pero ella sabía que su sitio estaba en
ese lugar inclemente. Aunque sus sueños siempre habían
sido pequeñas aventuras, nada la habría preparado para
eso. La inmensidad de ese océano de arena y la bóveda
celestial de un color azul intenso hacían que se sintiera
insignificante, pero deseosa de empezar. Le encantaban la
clínica, los rastreadores y los animales. Había encajado y
nunca había sido más feliz en su trabajo. Se quedó después de que todos se marcharan y estaba anocheciendo
cuando salió. Los colores rosas, azulados y melocotón del
cielo eran maravillosos y se sintió plenamente feliz. Estiró
los brazos para relajar los músculos después de tanto
tiempo trabajando. Solo le faltaba Shazim, pero dudaba
mucho que tuviera tiempo para ella. Sus ayudantes le habían dicho que había penetrado en el desierto con unos
rastreadores para comprobar cómo iba al programa de liberación de los animales. Se lo imaginaba montado en un

caballo y con la túnica al viento con ese cielo de fondo. Sin embargo, cuando llegó, iba montado en un Jeep descapotable y llevaba los mismos vaqueros y la misma camiseta que había llevado todo el día. Shazim iba al volante y los rastreadores que lo acompañaban parecían cansados, aunque contentos. Él parecía más vivo que nunca y la buscó inmediatamente con la mirada. Se acercó a ella mientras los rastreadores se marchaban por su lado.

–¿Qué? –le preguntó el ver la expresión soñadora de ella–. ¿Esperabas un jeque con túnica montado a caballo bajo un sol abrasador?

–¿De noche? –preguntó ella esbozando una sonrisa levísima.

–A lo mejor era un caballo encabritado e indómito y todo –siguió él sin disimular la ironía.

–Efectivamente, lo era –confirmó ella siguiéndole el juego.

Le alegraba esa naturalidad entre ellos y no quería estropearla.

–Entonces, ¿qué te he parecido?

–No ha estado mal si tenemos en cuenta que no ha habido un caballo encabritado e indómito.

–¿No ha estado mal? –preguntó él con una sonrisa.

Notó la sonrisa ardiente de Shazim en cada rincón del cuerpo mientras volvían a la clínica.

–En cualquier caso, bienvenida a Q'Aqabi –siguió él abriéndole la puerta–. Espero que todo haya ido bien en tu primer día de trabajo.

–No podía haber ido mejor –contestó ella con sinceridad.

Se quedó sin respiración cuando él se tocó la frente, los labios y el corazón, el más gentil de los saludos en Q'Aqabi.

–Espero que seas muy feliz aquí, Isla Sinclair.

Ella, por primera vez, quiso hacerle una reverencia,

pero un arrebato de excitación hizo que se olvidara y se limitó a replicar con cortesía.

–Gracias, Majestad.

–Shazim –le recordó él mirándola a los ojos.

–Shazim –repitió ella en voz baja y con el corazón acelerado.

Si Shazim había sido atractivo antes, en el desierto era cautivador. Allí parecía más primario y fuerte en un lugar donde la fuerza física y en conocimiento del terreno podía salvar vidas. Ella también sabía lo que estaba haciendo y confiaba en su capacidad y en su sentido común, solo esperaba ser un engranaje pequeño, aunque esencial, en la maquinaria de ese proyecto.

–Muy bien –siguió ella una vez dentro–. ¿Qué vamos a hacer ahora? ¿Volvemos al palacio?

–Todavía no –ella se alarmó un instante–. Ahora vamos a relajarnos, a bañarnos y a celebrar... que se ha descubierto un manantial subterráneo en un pueblo cercano. Pensé que te gustaría acompañarme a la celebración. Conocerás a algunas de las personas para las que vas a trabajar. Esta es su tierra, nosotros solo somos sus servidores, y deberías conocerlos.

–Claro.

Estaba deseosa de conocerlos, aunque le asustaba la idea de adentrarse en la naturaleza con él.

–No... No sé montar a caballo –se lamentó cuando salieron y vieron a un rastreador con dos caballos.

–Tienes que hacerlo –insistió Shazim–. Es la forma más rápida de llegar al pueblo.

Su mirada era como una mano firme sobre su cuerpo y las ganas de ver el desierto con Shazim fueron irresistibles.

–Necesitarás algo adecuado en la cabeza –añadió él mirándole el sombrero.

Antes de que pudiera resistirse, él le puso un pañuelo alrededor de la cabeza y el cuello.

–Basta de excusas. Móntate –le ordenó él.

Podía hacerlo, intentó convencerse mientras el caballo y ella se miraban con recelo. Amaba a los animales, le encantaba curarlos, pero ¿podría cabalgar por el desierto con un jeque que estaba a punto de montarse en el caballo indómito de sus sueños?

–¿A qué estás esperando? –le apremió Shazim.

Contuvo la respiración cuando él puso su mano encima de la de ella para enseñarle a sujetar las riendas. Le llevó la otra mano al pomo de la silla y notó su cuerpo a milímetros del de ella. Empezó a temblar. Lo tocaría si se movía lo más mínimo.

–Pon tu pie en mi mano –le indicó él–. Voy a levantarte y tienes que sentarte con suavidad.

Estaba nerviosa y el caballo lo sabía. Empleó todos los músculos del cuerpo para no sentarse con brusquedad, pero se vio a mucha distancia del suelo.

–Esto va a salir mal –comentó ella–. El caballo sabe que estoy nerviosa.

–Entonces, lo único que puedes hacer es montarte delante de mí –replicó él tajantemente.

A ella le bastó con mirar el enorme caballo de él para cambiar de opinión.

–Me apañaré –dijo ella en un tono sombrío.

–Será mejor que no...

Se quedó atónita cuando la levantó en el aire y la sentó en su silla, delante de él. No pudo ni abrir la boca antes de que el caballo saliera disparado. Shazim la sujetaba con fuerza y se movían como si fuesen una persona. Soltó el aire como pudo al sentir cada músculo de su cuerpo... pero Shazim era el jeque y ella trabajaba para él. No había nada de romántico, no había tiendas de campaña mecidas por la brisa ni oasis a la luz de la luna ni cojines de seda. Solo había mucho trabajo y la felicidad que sentía al ayudar a los animales. Tenía que recordarlo, no estaba allí para perder la cabeza, y el corazón, por un jeque.

—No puedo entender que no hayas aprendido a montar a caballo —comentó Shazim.

Ella tardó en replicar. Estaba asustada y emocionada, estaba a lomos de un caballo poderoso y entre los brazos de un jeque igual de poderoso.

—¿Por qué iba a haber aprendido? —consiguió preguntar ella—. Tú vives en un mundo distinto al mío. Yo tomo el autobús y tú montas a caballo por necesidad. De niña me imaginaba muchas veces montada en un caballo, pero nunca entre los brazos de un jeque...

—Tienes que relajarte —le aconsejó él riéndose y agarrándola con más fuerza.

¿Cómo iba a relajarse si tenía la tentación de preguntarse si el destino los habría unido por algún motivo? Se recordó otra vez que era una veterinaria y que Shazim era un rey; que cuando terminara su trabajo allí, ella volvería a Londres y él se quedaría en Q'Aqabi; que no tenía sentido preguntarse a dónde la llevaba el León del Desierto y lo que harían cuando llegaran.

Debería haber dejado que Isla fuese con los rastreadores. Estaba disfrutando demasiado. Había querido que ella compartiese ese momento especial con su gente, que entendiera ese país. Le apartó la mano cuando Isla intentó recogerse el pelo. Se había quitado el pañuelo y ella no quería molestarle con el pelo, pero ver esa melena al viento delante de él era lo único que necesitaba para azuzar al caballo. Se inclinó hacia delante y ella se recostó contra él. Las ganas de besarle el cuello fueron casi irresistibles.

Capítulo 8

ESTABA agarrado a ella cuando Isla vio las luces del pueblo a lo lejos. Se dio la vuelta y lo miró con el rostro resplandeciente.

–¡Shazim, es precioso!

Lo era, pero el brillo de placer en su rostro resaltaba lo inocente que era y hacía que pareciera más vulnerable que nunca.

–¡Y hay un oasis! –añadió ella con verdadera emoción.

–Claro. Todos los asentamientos están cerca del agua...

–Por eso hay tan pocos en el desierto –añadió ella.

Su emoción era conmovedora. No se había dado cuenta de lo hermosa que era esa energía tan pura. Sobrepasaba lo físico, era algo que brillaba en sus ojos. Para él, verlo todo a través de esos ojos era como verlo por primera vez.

–¡Mira, Shazim! –ella señaló el oasis–. El agua es como un velo de seda con reflejos de la luna.

Él sonrió por esa descripción tan poética, pero recuperó el sentido práctico enseguida.

–Ponte el pañuelo otra vez. Hace viento y el pelo se te llenará de polvo y tierra.

–Gracias –dijo ella mientras él la ayudaba a ponérselo.

Se había estremecido al sentir la mano de Shazim en el cuello, pero esperaba que no se hubiese dado cuenta. No quería hacer nada que él pudiera interpretar mal o que pudiera enturbiar su relación profesional. No quería hacer nada que pudiera estropear esa noche perfecta... Aunque no debía sentirse culpable porque lo perfecto no duraba.

—Ha venido gente desde muchos kilómetros a la redonda —comentó Shazim.

Ella dejó de pensar esas cosas y se fijó en las fogatas que iluminaban la oscuridad. Le emocionaba la idea de conocer a su pueblo, pero su aliento en el cuello la abrasaba por dentro.

—¿Tienes frío? —le preguntó él cuando volvió a estremecerse.

—Estoy emocionada —contestó ella con bastante sinceridad—. Me emociona ver algo tan nuevo y participar en la celebración.

—No te preocupes —le tranquilizó él con una voz tan profunda que volvió a estremecerse—. Estás segura conmigo.

¿De verdad? ¿Shazim era un refugio seguro para una mujer que sabía tan poco del amor? ¿El amor? El sexo, mejor dicho. Sabía muy poco del sexo y Shazim seguro que era un experto en el tema. Además, dudaba mucho que hubiera algo que no supiera. Entonces, ¿estaría segura? Solo lo sabría cuando llegaran allí.

—Me alegro por ti... —se dio la vuelta para mirarlo y sintió otro arrebato de excitación—. Me alegro por Q'Aqabi y por tu pueblo. Entiendo lo que tiene que significar este descubrimiento de agua.

Él dejó escapar un murmullo y ella sintió la vibración en todo su cuerpo.

La noticia del descubrimiento se había divulgado con rapidez y el asentamiento de tiendas de campaña hacía que el pueblo pareciera inmenso. El sonido de la música, las risas y las conversaciones era como el rumor del mar en una costa lejana.

–¿Estás soñando otra vez, Isla? –le preguntó él cuando suspiró.

Ella se dio cuenta de que se había apoyado en su pecho para disfrutar del momento y se apartó.

–Soy una mujer pragmática –contestó ella con una sonrisa forzada–. Deberías saberlo.

–¿Debería...? ¿Tienes prohibido soñar por ser pragmática?

Shazim lo preguntó en un tono burlón y se le dispararon las alarmas. Era como si pudiera ver dentro de ella.

–¿Cómo fue tu infancia, Isla?

Ella se puso tensa por esa pregunta inesperada.

–Relájate –le pidió él–. El caballo tiene que bajar una cuesta inclinada y es mejor que no se lo compliques con tu tensión.

–¿Acaso tus investigadores no te contaron todo sobre mí? –preguntó ella con la esperanza de no tener que contestar.

–Solo los datos objetivos. Recibo un informe de todas las personas que puedo conocer.

Entonces, solo sabría esos datos y era un alivio. No quería pensar en aquel tiempo sobre el que le había preguntado él y se quedó en silencio mientras el caballo bajaba la duna.

–Todo el mundo tiene una historia que va más allá de un informe irrelevante –comentó Shazim cuando llegaron abajo–. Me gustaría oír la tuya.

–Bueno, yo no sé nada sobre ti –se defendió ella.

Entonces, se dio cuenta de que se había pasado de la raya. Lo supo al notar que estaba tenso. Ella no era quién para hacerle preguntas, pero él, en cambio, era su jefe y tenía derecho a saber algo más que esos datos objetivos. No era la única que había sufrido en el pasado y eso debería hacer que fuese más comprensiva, no menos.

–Fui hija única, estudiosa y seria. Seguro que eso te sorprende –añadió ella para darle un tono desenfadado–. Leía mucho.

–Y me imagino que desarrollaste una vida interior muy vívida gracias a la lectura...

–No voy a negarlo –ella sonrió–. Tenía una imaginación muy... fértil. Todavía la tengo. He leído que muchos hijos únicos desarrollan esa vida interior para compensar las aventuras que podrían haber vivido con sus hermanos...

–¿Qué me dices de tu padre? –la interrumpió Shazim–. Nunca hablas de él.

–No lo recuerdo casi.

Había conseguido superar los gritos de su madre por las palizas y no podía decir mucho más.

–Se marchó cuando era muy pequeña. Mi madre no tuvo más hombres en su vida.

No habría servido de nada añadir que la policía se lo llevó o que lo encerró más tarde por haber maltratado a otras mujeres.

–Entonces, mientras estabas estudiando en la universidad, tu madre cayó enferma.

–Mucho antes, pero la enfermedad se hizo crítica cuando yo estaba fuera.

–Y volviste.

–Sí, dejé los estudios.

–Aunque significaran tanto para ti.

–Nada significaba tanto como mi madre.

Él cerró los ojos un instante como si lo entendiera. Le habían contado que la enfermedad y prematura muerte de su madre fueron consecuencia del maltrato durante años de su marido. Isla no podría pensar en eso sin desear haber podido asumir el dolor de su madre.

–Te pido perdón si te he alterado por haber sacado a relucir el pasado.

Su voz fue más considerada que antes, pero había reabierto una herida que no estaba curada.

—¿Por qué quieres saber esas cosas? —preguntó ella en tono defensivo.

—Me interesa que todos los que forman mi equipo estén bien. ¿Te extraña?

—No —además, Shazim no tenía la culpa de que sus preguntas le hiciesen daño—. Mi madre estuvo enferma durante casi toda mi infancia y empeoró a medida que yo iba creciendo...

—Hasta que te dedicaste a cuidarla todo el tiempo —terminó él cuando ella no pudo—. La cuidaste incondicionalmente hasta que murió y renunciaste a tus estudios para hacerlo.

—Lo hice encantada porque la amaba... La amo —se corrigió apasionadamente.

Fue un alivio que Shazim no le mostrara compasión ni dijera nada hasta que volvió a hablar.

—Fue una mala época —reconoció ella aunque eso era decir muy poco.

—Aun así, te repusiste y volviste a la universidad.

—Era lo que más deseaba mi madre. Insistía en que tenía que hacerlo.

—Tuvo que ser una mujer maravillosa.

—Lo era.

—Estaría muy orgullosa de ti —comentó él en voz baja.

—Gracias.

Siguieron acercándose al pueblo en silencio, hasta que él volvió a hablar.

—Además, te criaste en un castillo.

—No dentro del castillo exactamente. Era un sitio frío y poco acogedor, no como este pueblo —añadió ella cuando la calidez y la música del pueblo los alcanzó—. Mi madre era la cocinera del castillo, aunque me imagino que ya lo sabías.

—Me gusta oír tu versión —comentó él.

Había puesto el caballo a un paso tranquilo y había soltado las riendas como si de verdad quisiera oír su versión y estuviera haciendo tiempo antes de entrar en el pueblo.

—Solo sé que te criaste en los terrenos de un castillo de Escocia con una familia que, siendo educado, podría llamar excéntrica. ¿A quién no iba a interesarle eso?

—Los Anconner celebraban fiestas en las que había drogas por todos lados —afirmó ella—. Supongo que también sabrás eso. Les daba igual su reputación y la de sus empleados. Mi madre se quedó por un concepto equivocado de la fidelidad y vivíamos en una casita de la finca.

—Pero tuvisteis que dejarla y no lo entiendo. ¿Por qué?

—Dejamos la casita cuando mi madre no pudo trabajar por la enfermedad. Tuvimos que dejarla.

—¿Tuvisteis que dejarla? —le preguntó él en un tono de perplejidad.

—Si mi madre no podía trabajar, no podíamos quedarnos en el castillo.

—¿Por eso os mudasteis a la habitación donde todavía vives?

—Sí.

—Una habitación tuvo que ser un poco degradante después de un castillo...

—La convertimos en nuestro hogar y estábamos seguras. Nadie iba a expulsarnos —le explicó ella con la emoción reflejada en la voz.

Shazim llegó a la conclusión de que Isla había conseguido que estuviesen seguras. Había defendido a su madre como una leona a sus cachorros, había invertido los papeles cuando había tenido que hacerlo.

—Me encantaba la casita del castillo. Mi madre la

había convertido en un hogar y yo hice lo mismo con esa habitación. Teníamos muy pocas cosas, pero lo curioso es que no recuerdo que nos faltara de nada. Estábamos calientes y seguras...

–Pero echabas de menos la casita.

–Nada podía compararse –reconoció ella–. Había nacido allí y había vivido toda mi vida allí. Jamás se me ocurrió pensar que no podría decir que era mi hogar.

–Es lo que debería haber sucedido. Me cuesta creer que no tuvieseis un derecho de arriendo después de haber vivido tanto tiempo allí.

–No habríamos podido pagarlo y lady Aconner me dejó claro que la casita iba con el empleo.

–¿Cuándo te lo dijo?

–Lady Aconner nos visitó después de que ingresaran a mi madre la primera vez. Lady Aconner no era famosa por su amabilidad precisamente, pero sabía que mi madre agradecería la visita.

–¿Se lo agradeció?

–A mi madre le emocionó tanto que los habitantes de la casa grande se acordasen de ella que no estaba dispuesta a oír ni una palabra contra la señora... aunque lady Aconner nos explicó que si mi madre no podía cocinar, tendríamos que abandonar la casita para que ella pudiera contratar a otra persona que viviera allí.

–¿Os expulsó aunque sabía que tu madre estaba tan enferma? –preguntó él con incredulidad.

–Según lady Aconner, era una cuestión económica, y mi madre estuvo de acuerdo. Dijo que así habían sido las cosas en el castillo desde siempre.

–¿Y esa... dama no podía hacer una excepción por alguien gravemente enfermo que había vivido toda su vida laboral en la casita?

–Lady Aconner no quiso, no podía en realidad. Todas las historias que has oído sobre las fiestas de los Aconner son verdad. ¿Cómo iba a celebrarlas sin servidumbre para los invitados?

–He oído decir que los Aconner están arruinados –dijo él en cambio.

–No he tenido tiempo de seguir su historia –replicó ella encogiéndose de hombros.

Él no se lo creyó del todo, pero tampoco insistió. Isla estaba tan dolida como el día que lady Aconner hizo añicos los sueños de su madre. No podía entender que alguien fuese tan desalmado. Por muy aristócrata que se considerase lady Aconner, no era una dama para él.

–Tú te criaste en una guardería real –le recordó Isla haciendo que se olvidara de sus preocupaciones por ella–. No pudo ser fácil que te alejaran de tus padres.

–Yo tenía hermanos y mi hermano mayor era como un padre para nosotros.

–¿Y ahora? –preguntó ella con cautela, como si supiera que era un terreno resbaladizo.

Él pasó por alto la pregunta y miró alrededor, a la multitud reunida en ese poblado.

–Siempre me ha gustado mezclarme con mi gente.

–¿Has pasado demasiado tiempo en tu torre de marfil, Shazim?

Él se rio y sacudió la cabeza ante el atrevimiento de Isla.

–He pasado mucho tiempo mirando presupuestos, calendarios y planos –reconoció él.

–Alguien tiene que hacerlo.

–¿Está justificándome, señorita Sinclair?

Se lo susurró al oído y notó que ella se estremecía. Le gustaba esa relación entre ellos. No la había conocido con nadie y le agradecía a Isla que le recordara que podía llegar a olvidarse de dónde procedía y quién era.

–Shazim... –murmuró ella cuando él se quedó en silencio.

–Cuéntame más cosas de tu vida –insistió él para desviar la atención de sí mismo.

–Tuve la mejor de las infancias gracias a mi madre –contestó ella pasando por alto malos recuerdos–. Salimos bien adelante.

–Creo que el castillo está en venta –comentó Shazim sin venir a cuento.

–Espero que no estés pensando en comprarlo –replicó ella con cautela.

–Si lo comprara, lo demolería –aseguró él con rabia–. Mi mundo está aquí, en Q'Aqabi, con mi pueblo y mis proyectos. Has trabajado mucho para lograr lo que has logrado, Isla.

–Como tú –replicó ella con su franqueza habitual.

–Nos parecemos en algunas cosas –concedió él riéndose.

–Yo solo sigo lo que me dicta el corazón –reconoció ella.

–¿Y nunca te ha llevado por el camino equivocado, Isla?

Ella se quedó en silencio y no volvió a decir nada hasta que llegaron al pueblo.

Capítulo 9

LOS lugareños se arremolinaron alrededor del caballo de Shazim y los siguieron por el pueblo. No podía saberse lo que opinaban de la mujer que iba sentada delante del León del Desierto y él no parecía nada preocupado, pero ella sí lo estaba. Su único contacto con la opulencia y los privilegios no había sido nada bueno y ese acontecimiento, aunque apasionante, le recordaba el poder que tenía Shazim. Un poder que, sumado a su inmensa riqueza, la dejaba en una desventaja absoluta. Casi se había relajado durante el trayecto por el desierto, pero estaba poniéndose tensa otra vez.

Naturalmente, había captado hasta la más mínima reacción de Isla mientras estaban agarrados sobre el caballo y había notado que se ponía a la defensiva ante las miradas de la gente. Suponía que era en parte porque le había hecho hablar de su desdichada infancia, de la humillación que había sufrido. También se había sentido incómoda al entrar en el pueblo montada en el mismo caballo que él. Seguramente, creería que iban a criticarla cuando él sabía que la recibirían con los brazos abiertos al ser una invitada del jeque. A su gente le sorprendería más que les ocultara a una mujer tan hermosa. Isla era distinta, era especial, y ellos lo notarían como lo notaba él. ¿Se relajaría si se acostaba con ella? Era posible, pero él quería algo más que una noche y ¿podía arriesgarse a perder un elemento tan valioso de su equipo? Isla estaría recién licenciada, pero tenía un expediente universitario sobresaliente y él no podía sacrificar todo lo que era en el altar de la lujuria. Eso era lo que pensaba su parte virtuosa, pero tenía otra parte que quería tomar su mullido cuerpo y despertarla al placer.

—Estás muy callado —comentó ella.

—Estaba disfrutando del silencio —replicó él con ironía.

—Entiendo —dijo ella en el mismo tono—. Deberías haberme dejado en la clínica si querías silencio.

—Mmm... —farfulló él como si estuviese de acuerdo.

Tenía que pensar en otra cosa inmediatamente. Isla era muy suave, se adaptaba su cuerpo y su olor a flores era embriagador, pero había un inconveniente, jamás había montado a caballo con una erección tan dolorosa.

La multitud los siguió hasta una tienda de campaña enorme levantada para su rey a la sombra de un barranco, junto al manantial recién descubierto. Era un lugar muy reservado, las palmeras que lo rodeaban y la discreción de los lugareños garantizarían la tranquilidad. Isla estaba impresionada. Si bien no era la tienda de campaña mecida por la brisa del desierto de sus fantasías, se parecía mucho. Quizá fuese mejor incluso, ya que en lo más alto flameaba el estandarte personal del jeque. La bandera tenía un león rampante dorado con garras carmesí sobre un campo azul cerúleo. Sintió un escalofrío al ver al león abalanzándose sobre la presa impotente. Bueno, ella no se sentía impotente precisamente ni estaba dispuesta a ser la presa de nadie. La casa real de Shazim... sus privilegios reales... su castillo... Tuvo que cerrar los ojos y no pensar en los sentimientos del pasado que amenazaban con estropearlo todo.

—La tienda es toda tuya para que la uses como quieras —le distrajo él mientras paraba el caballo.

—¿Mía? —preguntó ella con sorpresa.

—Voy a saludar a mi gente y a bañarme antes de que empiecen los festejos —le comunicó Shazim mientras desmontaba de un salto.

—Creía que ibas a dormir aquí —comentó ella mientras él levantaba las manos.

—Encontraré otro sitio —replicó él con impaciencia—. Esta noche, es tuya.

Científica o no, se sintió rechazada y fue como un jarro de agua fría para sus fantasías.

—Si estás seguro... —dijo ella pensando en desmontar con cuidado para no tocarlo.

—Estoy seguro.

Sin embargo, le había parecido tan fácil cuando Shazim se bajó de un salto que ella intentó imitarlo, pero, desafortunadamente, el caballo pateó el suelo con la misma impaciencia que su dueño y ella perdió el equilibrio. Habría caído de bruces si Shazim no la hubiese agarrado. La dejó de pie, pero se tambaleó por haber pasado tanto tiempo montada en un caballo y él tuvo que agarrarla otra vez para que no cayera de rodillas.

—Te acostumbrarás —afirmó él con un brillo burlón en los ojos negros como el azabache.

—¿De verdad? —preguntó ella mirándolo con severidad para disimular todo lo que sentía.

—Te lo garantizo —murmuró él—. Hasta entonces, te propongo un masaje.

—Lo que necesito es un baño caliente.

Ella lo dijo con rabia porque el miedo hacia los hombres había vuelto a adueñarse de ella. Entonces, se dio cuenta de que lo que había dicho tenía que haber parecido muy egoísta cuando el agua era más valiosa que el petróleo en el desierto.

—Perdóname —siguió ella en tono avergonzado—. Sé que eso ha tenido que parecer muy egoísta.

–Puedes darte los baños que quieras. Este manantial hace que todo sea posible. Es más, voy a ordenar que te preparen un baño inmediatamente.

–No... por favor. Puedo hacerlo yo misma. No quiero que nadie se moleste por mí.

Aunque sí quería que Shazim la soltara antes de que se derritiera.

–Como quieras –concedió él con la cara tan cerca que sintió un cosquilleo en la mejilla.

Sentía una palpitación cálida y turbadora por todo el cuerpo y tenía que hacer algo.

–Gracias por... salvarme –dijo ella inexpresivamente.

Comprobó las piernas y se dio cuenta de que no podía soltarse, pero agarrarse a él era como dinamita para sus sentidos.

–¿Estás segura de que puedes apañarte sin mí? –le preguntó él en un tono levemente burlón.

–Claro que puedo.

Se soltó y consiguió dar unos pasos. Shazim la observó con una expresión íntima y sexy. Él le transmitía una calidez que era peligrosa en todos los sentidos. Se repitió que eran empleada y jefe. Había tenido algunas aventuras con chicos de la universidad, pero el jeque no era un chico ni mucho menos. No había tenido tiempo para los amoríos mientras cuidaba a su madre y luego tuvo que estudiar mucho para volver a la universidad. Después de la agresión frustrada, agradeció esa excusa para evitar las relaciones. Era una virgen que se arrojaba a un león y todo lo referente a Shazim daba a entender que su experiencia en asuntos como el sexo iba más allá de lo que ella podía entender.

–Creo que será mejor que te den un masaje –insistió él cuando ella se tambaleó otra vez.

La tomó en brazos antes de que pudiera negarse, entró en la tienda y la tumbó en una cama de almohadones de seda. Se incorporó, se dio la vuelta y se detuvo ante el faldón de la entrada.

–Date un baño y recupera esos músculos.

La había tirado, literalmente, como a un saco de patatas y la prisa de Shazim por marcharse la había dejado con la sensación de ser normal y corriente, poco deseable. Tenía lo que se merecía. No estaba viviendo una fantasía, era la vida real con piernas que le dolían de verdad. Tenía que recuperar los músculos, no serviría de nada hasta que lo consiguiera. Además, tampoco serviría de nada imaginarse a Shazim dándole ese masaje, empezando por las pantorrillas y subiendo... Cuanto antes pudiera trabajar, eso incluía el cerebro, antes podría recorrer el pueblo para ver si podía ayudar con algo relacionado con la veterinaria.

Empezó el recorrido por la tienda de campaña, que era enorme, olía a especias y estaba llena de objetos artesanales. Los colores eran apagados y todo parecía muy cuidado, como si nada fuese una molestia para la gente del jeque. Había muchos tesoros antiguos que deberían estar en un museo... y Shazim había renunciado a todo eso por ella. La cama inmensa que había en el centro la habían preparado para él. Tenía sábanas de seda blancas y cortinas de gasa. A lo largo de la cama había mesillas con jarras de zumo y cuencos con frutas... incluso, vio una bañera portátil de latón con agua humeante y aromatizada. Miró alrededor y sonrió. Una posibilidad era quedarse allí y vivir ese sueño... la otra era ir al pueblo y ver si podía echar una mano.

–¿Qué dices que está haciendo?

–Trabajando, Majestad –le contestó uno de sus rastreadores.

Podía olvidarse de cualquier imagen de Isla esperándolo suave y tersa después de un baño. Al parecer, se había repuesto y había salido a buscar la clínica veterinaria del pueblo. Había evaluado inmediatamente lo que se necesitaba y le había preguntado a uno de los rastreadores dónde se guardaba el material médico. Isla era imparable, era excepcional, pero, en esa ocasión, era una invitada. ¿Una invitada normal o especial? Aparte de su disposición constante, era como un tallo verde al que se podía pisotear. Se merecía algo más que el tópico de una noche a la luz de la luna con un jeque del desierto. Inevitablemente, la dejaría a un lado después de que hubiese satisfecho sus necesidades. Él se debía a su país, la deuda que tenía con su hermano fallecido se lo exigía y carecía por completo de corazón. Haría que Isla disfrutara el tiempo que iba a pasar en Q'Aqabi... si dejaba de trabajar un poco y se lo permitía. Sus ojos dejaron escapar un brillo burlón cuando la encontró. Estaba concentrada sobre su trabajo y le tentaba distraerla.

–¿Y las celebraciones...? –le recordó él.

Ella lo miró. El rubor y los ojos velados la delataron más de lo que se imaginaba.

–Un par de minutos más y habré terminado.

Él se encogió de hombros y se apartó de la puerta. Los dos estaban motivados, pero ella debería sosegarse, uno de los dos tenía que hacerlo.

Lo último que se había esperado cuando volvía de la clínica era que las mujeres del pueblo le agradeciesen haber tratado a sus animales domésticos además de los que entraban en el programa del jeque. No había pensado en nada al ofrecer sus servicios, aparte de que todos eran animales en apuros, pero las mujeres le ofrecían sus mejores prendas. Se miró la ropa, arrugada por el viaje, y comprendió que le vendría bien cambiársela. La ropa que llevaba se la habían recomendado en una tienda de deporte de Inglaterra, pero era demasiado pesada y abrigada para el desierto. Por ejemplo, tenía demasiados bolsillos incluso para alguien acostumbrado a llevar un pequeño botiquín. Además, no le importaría darse otro baño después de trabajar en la clínica, decidió mientras sus nuevas amigas vertían aceite aromático en la bañera que le habían preparado. Solo reculó cuando llevaron cofres con joyas para que se las pusiera. Les explicó con gestos que no podía ponérselas, que eran demasiado preciosas.

Después del baño, insistieron en darle un masaje con aceite aromático y la vistieron con una túnica de seda color melocotón y con unos bordados muy delicados. Nunca había llevado algo tan hermoso, era un vestido que había pasado con mimo de generación en generación. Lo sabía por las pequeñas reparaciones y eso hacía que fuese más valioso que el vestido de alta costura más caro porque cada puntada que podía ver la habían dado con amor. Era la segunda vez que llevaba una túnica vaporosa cuando podía contar con los dedos de una mano las veces que se había puesto un vestido. Siempre había sido más bien chicazo, pero ese vestido con cuentas plateadas y campanillas diminutas que sonaban al caminar bastaba para convertirla. Se sentía como Cenicienta vistiéndose para el baile. ¿Acaso no había renegado de Cenicienta? Cualquiera podría hacer una excepción por ese vestido y no pensaba ofender a las mujeres del pueblo.

Cuando sintió la seda sobre su piel, se preguntó si ese vestido conseguiría atraer el interés de Shazim durante más de cinco minutos. Quería hablar con él de algunas cosas... por ejemplo, de mejoras en la clínica. Se olvidó el trabajo por un momento, el vestido la transformaba. Dio una vuelta para enseñárselo a las mujeres y se rio con ellas mientras se miraba en el espejo de cuerpo entero. No creía que volviese a tener la ocasión de ponerse un vestido como ese.

–Sois muy generosas. Gracias...

Se acercó a cada mujer para darles las gracias con una sonrisa. Sin embargo, la cosa no terminaba ahí. Tenían que darle brillo y olor al pelo antes de ponerle un velo precioso en la cabeza. Le dejaron el pelo suelto y se lo sujetaron con unos alfileres con joyas. Incluso le dieron crema en los pies y las manos y la convencieron para que se pusiera unas sandalias muy bonitas.

Sin embargo, ¿podría dejar de moverse como un chicazo? Miró a las mujeres que revoloteaban por la tienda de campaña como mariposas y se sintió torpe y tosca. Quizá todo fuese un sueño y se despertara debajo de un montón de vendajes.

Cuando las mujeres quedaron satisfechas con su aspecto, la rodearon para acompañarla a la celebración. Estaba entusiasmada, y muy cohibida. Ya lo había hecho una vez, pero había sido solo con Shazim en su palacio. ¿Podía adoptar esa identidad tan distinta delante de un gentío?

Se recordó que ya había representado otros papeles, tantos que tenía que haber desconcertado a Shazim. Ese solo era uno más. Pensó en su madre mientras salía con las mujeres. A su madre le habría encantado verla así. Siempre había intentado que llevara vestidos bonitos cuando era pequeña y se habría reído de júbilo al ver a su hija desastrada vestida como la princesa que siempre había querido que fuese. Iría con la cabeza erguida y exprimiría cada gota de felicidad de cada momento. Era un privilegio participar en esa celebración. Era la única manera que tenía de agradecer a esas mujeres las molestias que se habían tomado por ella, aunque todavía faltaba por ver qué le parecía a Shazim. El corazón le dio un vuelco al pensar en él.

Había una multitud en el centro del pueblo y las mujeres la llevaron hasta la inmensa hoguera que los preservaba de la gélida noche del desierto. Todo el mundo estaba sentado en cojines alrededor de Shazim. Estaban fascinados y ella se detuvo un momento para escucharlo. No podía entender el idioma, pero sintió el tono de su voz y se imaginó lo que sentiría si Shazim la hablara así. Miró alrededor y comprendió que sus fantasías no podían compararse con eso. Había camellos debajo de las palmeras y se oía el canto de las cigarras y los búhos. Olía al humo de la madera y el cielo tenía el tono magenta que precedía a la noche más oscura. Empezaba a entender a lo que se refería la gente cuando hablaba de la magia del desierto. Q'Aqabi era un sitio especial, con pobladores especiales y un hombre especial que los gobernaba. Ya sabía que Shazim era una fuerza de la naturaleza que había que tener en cuenta y un hombre al que había que admirar.

Entonces, la sobresaltó cuando levantó la cabeza y la miró a los ojos. Toda su seguridad en sí misma se esfumó, pero las mujeres la tomaron de la mano y la sentaron junto al jeque.

Capítulo 10

PARECIÓ como si la hoguera se elevara más cuando se acercó. La luz resaltó los pómulos y el perfil regio de Shazim. Las mujeres se retiraron respetuosamente y, por un momento, le pareció que estaba sola con Shazim. La atravesó con su mirada negra e imperativa, la atrajo hacia a él hasta que le señaló los cojines que tenía al lado. Ella tuvo que recordarse que era el mismo hombre que había conocido en un solar de Londres, pero allí parecía más imponente. Shazim también estaba vestido con ropajes tradicionales. Los suyos eran de un azul oscuro como la noche y los pliegues se ceñían a su poderoso cuerpo. Podría haber estado desnudo, se lo imaginó así, y tuvo que tragar saliva. Ese cuerpo enorme y musculoso alzándose sobre ella... ¿Podía saberse qué estaba pensando? Sin embargo, era imposible sentarse a su lado sin pensar en eso. Aun así, se sentó aunque no había mucho sitio y el ropaje la constreñía. Había tanta gente, que estaba pegada a Shazim. Eso fue suficiente para que recordara lo que sintió entre sus brazos, cuando, a regañadientes, montó en su caballo y cuando se desequilibró. Prefería no pensar lo que sentiría entre sus brazos si fuese premeditado. Sin embargo, lo pensó y las mejillas le abrasaron cuando Shazim dirigió toda su atención hacia ella. Todo el mundo se quedó en silencio, pero se alegró de que la oscuridad les impidiera ver sus mejillas sonrojadas.

–Estaba contándoles a los ancianos del pueblo todo lo que aporta a nuestro proyecto.

Ella tomó aliento. Las palabras habían sido inocuas, pero le había mirado los labios.

–Haré todo lo que pueda para ayudar –se oyó decir a sí misma mirando la boca de Shazim.

No pudo evitar acordarse del casto beso que le había dado en las mejillas, aunque, en ese momento, se preguntaba si había sido tan casto.

–Es una mujer con mucho talento –siguió él dirigiéndose a la multitud y traduciéndoselo a su idioma–. Queremos que sienta que puede extender sus alas profesionales aquí...

Ella pudo relajarse cuando oyó hablar de sus alas profesionales.

–Me ocuparé de que reciba todo lo que necesite –añadió él.

Sus palabras, una vez más, parecían inocentes, pero los ojos de Shazim parecían referirse a otras necesidades y se puso tensa otra vez.

–Sus deseos son órdenes para mí, señorita Sinclair.

Por mucho que lo intentara, no podía contener las palpitaciones de placer que le producían sus palabras y cuando le sonrió, fue como si pudiera leer sus pensamientos.

–No parezcas tan preocupada, estás segura conmigo –le susurró él para que nadie pudiera oírlo.

¿Segura? Shazim no tenía nada de seguro ni ella era tan ingenua como para creerlo. Quizá pareciese un personaje de fábula, distante y tan íntegro que no se aprovecharía de la situación, pero por debajo solo era un hombre... un hombre con la cabeza descubierta y con el pelo mojado y despeinado como si se hubiese bañado en el oasis, con gotas en la barba incipiente y que la sonreía con intimidad y seducción en los ojos... Ella sabía que él no estaba pensando en sus conocimientos de veterinaria.

—Me gusta la ropa que llevas —comentó él con una ceja arqueada–. Es una gran mejoría comparada con esa espantosa ropa de safari.

—Aunque no es muy práctica para trabajar en la clínica –replicó ella.

—Es verdad –reconoció él con una mirada que le aguzó todos los sentidos–. Y tus piernas...

—¿Mis piernas?

—¿Se han recuperado de la cabalgada?

—Mis piernas, como el resto de mi cuerpo, son resistentes.

—Me alegra oírlo –él se rio–, porque pienso darles mucho trabajo mientras estés aquí.

Volvió a mirarla de la misma manera y se dio la vuelta para hablar con los ancianos que tenía al otro lado mientras ella seguía intentando descifrar cómo tratarlo cuando estaba así.

—No te preocupes...

Ella había empezado a decirlo cuando él se dio la vuelta otra vez y la interrumpió.

—Le he contado a todo el mundo cuánto pueden esperar de ti.

—Ah...

Sin embargo, ¿qué esperaba él de ella?

Estaban tan apretados que sus muslos seguían pegados y ese contacto le producía efectos de todo tipo. Sentía su calor y, además, cuando se inclinó hacia delante para ofrecerle una exquisitez, le rozó un pecho con el brazo. Estaba a punto de levantarse para buscar otro sitio cuando él le ofreció un dulce que chorreaba miel.

—No quiero más, por favor –le pidió ella sin atreverse a tomarlo de su mano.

No podía soportar más su tortura sensual y decidió que tenía que acostarse. Empezó a explicarle que estaba cansada del viaje, pero el ceño fruncido de Shazim la detuvo.

–¿Vas a acostarte cuando las mujeres se han tomado tantas molestias por ti? –le preguntó él.

Dicho así, parecía una grosera, pero no podía reconocerle que le preocupaba la supervivencia de su identidad profesional y que él era el motivo de su preocupación. Entonces, una de las mujeres que la había ayudado a vestirse le sonrió para darle ánimo y supo que tenía que quedarse. Sin embargo, la experiencia se reflejaba en los ojos de Shazim cada vez que la mirada y si bien ella podía ser sensata, su cuerpo se negaba a serlo.

Después del banquete, el espectáculo la distrajo un poco. Hubo hombres lanzallamas, acróbatas, malabaristas y bailes tradicionales, pero se le paró el pulso de miedo cuando desafiaron a Shazim a una peligrosa carrera de caballos en la que los jinetes tenían que agarrar una bandera antes que sus oponentes. Shazim no lo dudó y pidió su caballo. Era un jinete muy bueno, pero no habría deferencias por ser el rey, todos los hombres serían iguales. Se levantó y contuvo el aliento, como el resto de la multitud, cuando Shazim avanzó con su caballo. Justo en ese momento, una nube tapó la luna y todo el mundo suspiró como si fuese a pasar algo. Se encendieron unas antorchas para iluminar el camino y proyectaron unas sombras gigantes en la arena entre los vítores ensordecedores de los espectadores. Era como ver una película, pero era muy real y, de repente, sintió miedo por Shazim. Entonces, la bandera bajó y los caballos salieron disparados. Había muchos jinetes e iban muy juntos, pero, para alivio de ella, Shazim se puso en cabeza enseguida y podría evitar la peligrosa aglomeración alrededor de la bandera. Se oyó un estruendo de vítores cuando se dejó caer un poco por el costado del caballo para agarrar la bandera. A ella le flaqueaban las piernas por el alivio, pero se unió a los vítores cuando él se dio la vuelta y galopó de vuelta con la bandera al viento. Cerró los ojos para dar gracias porque estaba sano y salvo, pero cuando volvió a abrirlos, se lo encontró delante montado en su imponente caballo, que resopló y coceó el suelo mientras la miraba fijamente.

–Tómala –le ordenó él mientras le ofrecía la bandera.

Ella tomó el palo, todavía caliente por su mano, y ondeó la bandera por encima de su cabeza. Cuando Shazim se dio la vuelta para recibir los vítores de la multitud, ella estaba exultante por él. Era como una roca para su pueblo, una fuerza benéfica que ella empezaba a entender.

Cuando la emoción se apaciguó y volvieron a sentarse en los cojines, sintió que el triunfo de Shazim, y su pequeña participación, había cambiado su relación ligera pero significativamente. Era como si al entregarle la bandera hubiese declarado públicamente lo importante que era para él. Ella sabía que solo lo era como veterinaria, pero aun así... Lo sentía más cerca que nunca y aunque Shazim parecía más interesado en hablar con el hombre que tenía al otro lado, su cuerpo parecía dirigirse a ella con un mensaje que no necesitaba intérprete. Era un mensaje íntimo y pudo captar el brillo de sus ojos las pocas veces que la miró.

Cuando todo el mundo empezó a retirarse, ella esperó un momento para poder despedirse de Shazim. Había mucha gente que quería hablar con él y tuvo que esperar en fila, pero eso le dio la oportunidad de agradecerles con una sonrisa esa noche maravillosa hasta que le llegó el turno.

–Gracias, Shazim. No recuerdo haber pasado una noche tan maravillosa. No la olvidaré jamás, y has estado sensacional. Enhorabuena por la victoria, Majestad.

–¿Lo habías dudado? –preguntó él con una sonrisa.

–Ni por un instante. Tenías el mejor caballo –añadió ella con otra mirada descarada.

–Siempre me bajas los humos... –replicó él entre risas.

–No es que seas presuntuoso, es que algunas veces te tomas a ti mismo demasiado en serio.

La mirada que le dirigió esa vez le aceleró el corazón.

–Me alegro de que haya disfrutado, señorita Sinclair.

Shazim lo dijo en ese tono grave, ronco y ligeramente burlón que siempre la estremecía, aunque solo fuese porque era excepcional y parecía reservado para ella, como si todo lo demás en su vida fuese abrumadoramente serio.

–Te acompañaré a la tienda de campaña –añadió él.

–Conozco el camino –replicó ella para rechazar la oferta lo más cortésmente que pudo.

Conocía sus límites y si bien estar sentada a su lado durante la celebración era una cosa, que la acompañase a la solitaria tienda de campaña era otra muy distinta.

–Insisto –dijo él indicándole que pasase por delante.

Ella no podía organizar una escena delante de cientos de súbditos de Shazim.

–El desierto oculta más peligros de los que puedes imaginarte –añadió él agarrándola del brazo–. Los puntos de referencia son engañosos y todo puede cambiar en cuestión de segundos.

–¿De aquí a la tienda? –preguntó ella con su pragmatismo habitual.

Aunque había querido poner una distancia prudencial entre los dos, solo había conseguido que Shazim le pusiese una mano en la parte baja de la espalda para dirigirla.

–Te sorprendería –contestó él apremiándola con los

dedos extendidos–. Hay rumores de que se acerca una tormenta de arena.

–Habríamos oído algo, la radio habría avisado...

–Hay señales que solo pueden interpretar quienes conocen muy bien el desierto.

–¿Por ejemplo? –insistió ella intentando concentrarse a pesar de la oleada de sensaciones que le producía la mano de Shazim.

–Esa corriente de viento inexplicable que te voló el pañuelo.

El gentío que se retiraba se había convertido en una marea y Shazim le puso la otra mano en un hombro para dirigirla, pero todo el mundo le dejaba paso.

–Las tormentas pueden formarse despacio o desatarse por un viento...

Contuvo el aliento cuando estuvo a punto de chocarse con un camello y él la agarró.

–Si sales del pueblo durante uno de esos episodios, aunque sea por casualidad, podría no volver a encontrarte.

–¿Te importaría?

–Claro –contestó él en ese tono burlón–. ¿Cómo iba a explicárselo a la universidad?

–Gracias –replicó ella con ironía–, pero ¿no se solucionaría con un GPS?

–De poco iba a servirte en una tormenta de arena.

–De acuerdo –concedió ella mientras entraban en un sendero más solitario que llevaba a la tienda de campaña–. Puedes descansar tranquilo, te prometo que esta noche no saldré de la tienda. Ahora, como ya estamos tan cerca...

–Te acompañaré.

Shazim se había adelantado un poco y algunos lugareños estaban mirándolos. Ella solo pudo desearles buenas noches con una sonrisa. Ya se ocuparía de Shazim cuando llegaran.

Capítulo 11

ESTABA tensa, pero no debería haberse preocupado. Su imaginación calenturienta la confundía cada dos por tres. Shazim, en vez de seducirla larga y placenteramente sobre los cojines de seda, la dejó en la entrada inclinando burlonamente la cabeza, como si supiese lo que estaba pensando y su ingenuidad le divirtiese. Lo que hizo que se sintiese más impotente y necia que nunca. ¿Por qué le costaba tanto dominar sus fantasías? No había podido pensar en esas cosas desde que la agredieron y el efecto que Shazim tenía en ella era desconcertante.

Una vez dentro, cerró los ojos con decepción. La idea de tener que rechazar a Shazim estaba solo en su cabeza, donde tenía que quedarse. Además, era como un chiste cuando él ni siquiera estaba interesado... y una aventura con él sería un disparate. Fue de un lado a otro. No sabía qué quería después de las emociones de esa noche. No podía dormirse todavía, había visto y vivido tantas cosas que quería más. Hasta ese sitio tan especial estaba pensado para compartirlo. El suelo estaba cubierto de alfombras y en las paredes había colgaduras con emblemas bordados. Los cojines de seda resplandecían a la tenue luz, como ella siempre se había imaginado, y la cama era más que tentadora, esa cama enorme y con sábanas de seda en la que dormiría sola.

Se quitó la túnica y la dejó con cuidado sobre una

silla de ébano tallada. Se puso el camisón que había llevado «por si acaso» y se metió en la cama. Las sábanas olían a sándalo y a la luz del sol... como el hombre que gobernaba allí... Dio un puñetazo en las almohadas para intentar sacarse a Shazim de la cabeza. No pensaría en él, no haría nada que pudiera lamentar y que pudiera comprometer su profesión. Aunque eso no impidió que su cuerpo anhelara cosas que no podía conseguir...

Se despertó sobresaltada y en medio de un sueño erótico con una figura que llevaba una túnica que ondeaba al viento. Se levantó de un salto y tardó un momento en darse cuenta de que lo que oía era el aullido de una tormenta. La tormenta de arena que le había anunciado Shazim había llegado. Cuando leyó sobre esas tormentas en Internet, le pareció que la tierra de Shazim era más emocionante todavía, pero la idea de estar en medio de una protegida solo por unas pieles de camello era aterradora. Las paredes de la tienda de campaña no se mecían como en sus fantasías, estaban tensas y parecían al límite de su resistencia. El pánico se adueñó de ella un instante, pero, entonces, se acordó de los animales. Se vistió, se rodeó la cabeza y el cuello con el pañuelo de Shazim, se protegió los ojos con un brazo y salió de la tienda. El viento era tan fuerte que tenía que agarrarse a cualquier cosa para avanzar y mantener el equilibrio. Su meta era la clínica y nada iba a impedir que llegara. Si ella estaba asustada, los animales estarían aterrados. Incluso, podría haber alguno herido al dejarse llevar por el pánico.

La clínica estaba cerca en condiciones normales, pero le pareció tardar una eternidad por el viento y la falta de visibilidad. Fue a agarrar el picaporte y entonces se dio cuenta de que toda la piel que no tenía cubierta estaba desgarrada por la arena. Le alivió ver a los rastreadores, pero no le alivió tanto ver a Shazim, quien la miraba con el ceño fruncido.

—¿Qué haces aquí? —bramó él.

—Es mi trabajo —contestó ella tajantemente.

—Tienes que vendarte esas heridas —replicó él.

—Lo haré más tarde. Me pondré guantes —ya estaba poniéndoselos—. No estorbes —añadió ella asumiendo el mando—. ¿Puedes sacar a los animales más grandes? —le preguntó a Shazim sin hacer caso de su expresión de sorpresa—. Si tengo que hacerlo yo, lo haré.

—No deberías haberte arriesgado, te necesitamos sana y salva. Creía que lo había dejado claro.

Él tenía razón, pero estaba allí e iba a quedarse para trabajar.

—Tenemos que seguir —replicó ella mirándolo sin parpadear.

—De acuerdo —concedió él en un tono sombrío—. Si vas a quedarte, trabajaré contigo.

—¿Como mi ayudante?

—Como lo que haga falta. Tenemos el mismo objetivo.

—Entonces, si no te importa, vete sacando a los animales y tráemelos por orden de urgencia.

—Lo haré —afirmó Shazim llamando a los rastreadores.

Isla perdió la noción del tiempo mientras trabajaba. El número de animales que necesitaba cuidados parecía no disminuir. Salió para comprobar cómo iban las cosas y se encontró a Shazim, que trabajaba con diez hombres donde habían metido a los animales heridos. Pasó bastante tiempo hasta que él entró en la clínica. Estaba cubierto de polvo y tenía los ojos tan irritados como los de ella. Se quedó atónita cuando se acercó a ella y le tomó la cara entre las manos con delicadeza.

—¿Siempre tienes que ser una heroína, Isla?

–Para eso he venido. Estoy aquí para todo, no solo para las celebraciones.

–Tienes muchos arañazos –él la miró fijamente–. Te los limpiaré y vendaré. Tienes que estar agotada –añadió mientras tomaba un frasco de agua oxigenada.

–¿Tú no lo estás? –preguntó ella.

Cuando Shazim la miró, vio cosas en las que prefería no pensar, y ninguna era agotamiento. Sus caras estaban tan cerca mientras le limpiaba los arañazos que sus alientos se mezclaban y tuvo que mirar hacia otro lado cuando sus ojos se encontraron. Corría un peligro muy grave de dejarse llevar. Su cuerpo parecía reclamar al de él como no había hecho nunca.

–Ahora te limpiaré yo –insistió ella cuando él terminó.

–Me curo deprisa –él se apartó–. Acompáñame, Isla. Ya has hecho bastante por esta noche. Te acompañaré a la tienda de campaña.

–No me marcharé hasta que esté segura de que todos los animales están bien. Lo siento, Shazim –se disculpó ella cuando la miró con el ceño fruncido por no obedecerlo–, pero puedo obedecer si la orden no tiene sentido. La obediencia no entra entre los requisitos de mi empleo.

Isla sonrió y sintió un alivio inmenso cuando Shazim se rio.

–Eres imposible –reconoció él sacudiendo la cabeza.

–Te acostumbrarás a mí.

–¿De verdad? –preguntó él arqueando una ceja.

Se encontró en desventaja otra vez y se preguntó si se quedaría tanto tiempo en Q'Aqabi como para que Shazim se acostumbrara a ella. Fue a protestar cuando él llamó a uno de los rastreadores para que ocupara el lugar de ella.

–Se han arreglado muy bien sin ti y espero que sigan haciéndolo cuando no estés aquí.

Ella se estiró con las manos en los riñones y cerró los ojos para intentar ordenar las ideas, pero estaba demasiado cansada para pensar.

–Isla... –la llamó él con preocupación.

Se miraron a los ojos con firmeza. Tenía que reconocer que estaba agotada y que le agradecía que hubiese trabajado incansablemente a su lado. No iba a discutir con él.

–A la cama –insistió él–, o mañana no servirás de nada. Si hace falta, te llevaré en un hombro.

A ella le sorprendió ver que estaba amaneciendo. El viento había amainado y la visibilidad había mejorado aunque seguía habiendo mucho polvo. Lo animales ya no corrían un peligro inminente y...

–Ha sido una orden terminante –Shazim la sacó del ensimismamiento–. O descansas o vuelves a la ciudad. Tú elijes. No voy a permitir que nadie trabaje en este proyecto si no acata ciertas medidas de seguridad.

–Vaya, otra vez en la obra... –murmuró ella sonriendo levemente.

–El desierto es mucho más peligroso que esa obra.

Él la miró y ella tuvo la certeza, pero también sintió otra palpitación. ¿Dónde iba a dormir él? Dudaba mucho que tuviera tiempo para ocuparse de esas otras cosas. Había leído en algún sitio que tenía que casarse pronto para fundar una dinastía. Suponía que elegiría una princesa o una heredera que entendiese las responsabilidades que conllevaban la riqueza y los privilegios. Si era tan necia de seguir a su corazón, podía acabar en el suelo para que Shazim la pisoteara.

–A la cama –le ordenó Shazim en voz más alta.

–De acuerdo, de acuerdo. ¿Esta vez te fías de que sepa volver sola?

—Supongo que tendré que fiarme —contestó él para sorpresa de ella.

—Gracias por tu ayuda —dijo ella con la esperanza de aplacar la mirada de curiosidad de Shazim.

—Ha sido un placer trabajar contigo —ella suspiró con alivio por el cambio de conversación—. Parece que has encajado.

—Sí —confirmó ella con entusiasmo—. Es maravilloso estar aquí.

—¿A pesar de la tormenta de arena? —preguntó él con ironía.

—Aparte de eso —reconoció ella antes de no poder evitar la pregunta—. ¿Has encontrado un sitio donde dormir?

—¿Por qué? ¿Es una proposición?

—Claro que no, pero tienes que estar cansado —contestó ella con remordimiento.

—¿Estás poniendo en duda mi vigor? —preguntó él con una ceja arqueada.

—¿Qué? —le preguntó ella en tono desafiante.

—Voy a dejar algo muy claro —contestó él mirándole los labios con aire burlón—. Me has preguntado dónde voy a dormir esta noche. ¿Dónde crees tú?

—No tengo ni idea. A lo mejor tienes una colchoneta —contestó ella con el corazón desbocado.

¿Iba a permitir que durmiera a la intemperie con esa polvareda?

—Volverás conmigo a la tienda de campaña —añadió ella—. Los dos tenemos que dormir un poco.

Él, al menos, tuvo la delicadeza de parecer sorprendido.

—Además, si tienes pensado seducirme, cosa que estoy segura que no habías pensado, será mejor que sepas que tendrás que despertarme primero.

—¿De verdad? —Shazim esbozó una sonrisa y apartó

los puños de la pared–. Creo que estás dando demasiadas cosas por supuesto, ¿no?

–En serio, Shazim –ella puso el gesto más serio y pragmático que pudo–. Vuelve conmigo y duerme unas horas. Hay comida y bebida y puedes darte un baño en el oasis.

–Gracias por decírmelo –él sonrió como si quisiera recordarle quién era el experto–. No se me ocurre nada que me apetezca más que darme un baño en agua helada.

Capítulo 12

NO PUEDO creerme que estés haciendo esto por mí –comento Shazim en su habitual tono burlón.

–Shazim, lo haría por un animal –replicó ella mientras llegaban a la tienda de campaña.

Él se rio con tantas ganas que ella empezó a pensar que había sido una mala idea.

–Acepto tu amable oferta con una condición.

–¿Cuál...? –preguntó ella con todas las alarmas activadas.

–Que me dejes comprobar tus heridas antes de que te acuestes. Estabas muy impaciente en la clínica y creo que no las he curado como me habría gustado...

Lavar unas heridas no debería ser tan placentero pensó ella unos minutos más tarde, cuando el contacto de las manos de Shazim eran más seductor que terapéutico.

–¿No me habías curado ese arañazo antes?

–No tenía esta pomada en la clínica –le explicó Shazim–. En Q'Aqabi tenemos remedios de hierbas para casi todo y resulta que había un poco aquí –añadió él con una sonrisa.

Observó mientras el metía una mano enorme en una caja dorada que contenía ese ungüento curativo. Era difícil creer que él pudiera ser tan delicado y que ella pudiera permanecer tranquila y obediente durante tanto tiempo.

–¿Mejor? –murmuró él satisfecho.

Sin embargo, cuando ella fue a llevarse una mano a la cara, él se la agarró con firmeza.

—No te toques —susurró él—. Solo yo estoy autorizado.

—De acuerdo —concedió ella encogiéndose de hombros, y siempre que se refiriera a la cara.

—Pareces nerviosa, Isla.

—¿De verdad?

¿Tan evidente era? La intimidad entre hombre y mujer la ponía tan nerviosa que le sorprendía que no se hubiese levantado de la cama todavía, pero había visto ternura en los ojos de Shazim y eso no la asustaba. ¿Estaba enamorándose de él? No, se contestó a sí misma con impaciencia. Nunca se olvidaría de que Shazim era el líder de un país y de que ella era una veterinaria que tenía que llevar a cabo un trabajo en ese país.

—Tenemos que acabar con esto o me quedaré dormida.

—No, no vas a quedarte dormida.

Parecía como si el tiempo se hubiese detenido. Sentía sus manos en la cara, en el cuello y en los pechos, pero eran tan delicadas que no le parecían amenazantes. Le recorría el cuerpo con tanta destreza y seguridad que ella solo podía preguntarse por qué lo había postergado tanto tiempo.

—No eres solo una veterinaria, Isla, eres una mujer muy hermosa.

Ella cerró los ojos y quiso creerlo. Las caricias de Shazim eran como un vino embriagador. Hacían que se sintiera hermosa cuando temía no serlo. Hacían que se sintiera femenina cuando siempre se había considerado pragmática y resolutiva. Hacían que quisiera deleitarse con las sensaciones y el placer, algo que no había hecho jamás. Sus manos eran tan conocedoras e instintivas a la vez, que hacían que lo anhelara, pero él supo cuándo retirarse.

–¿Más...?

Veía la pregunta en sus ojos y esa vez, ella no encontró un argumento. Shazim le tomó los pechos con las manos y le sonrió con satisfacción.

–Te crearon tanto para el placer como para ser pragmática. No lo olvides nunca, Isla.

No lo olvidaría nunca mientras él le pasara los pulgares por los pezones. Cerró los ojos y se dio cuenta de que nunca había sentido algo parecido. Cuando volvió a abrirlos, descubrió que nunca había visto los ojos de Shazim tan hipnóticos y de que a él le gustaba observar las oleadas de placer que se adueñaban de ella. No tenía ni idea de que el placer pudiera ser tan adictivo. Estaba tumbándola en la cama y ella no se resistía. En vez de buscar la parte pragmática que le sacaba de los apuros, quería dejarse arrastrar para siempre. Una parte muy pequeña de sí misma le decía que invitarlo a pasar la noche había sido un disparate, pero no podía competir con las oleadas de placer que la dominaban. Entonces, él se levantó y ella cayó en la realidad.

–¿Vas a dormir en el suelo? –preguntó ella con nerviosismo.

No sabía por qué se había apartado de ella de repente y se dio cuenta de que había elevado la voz. Él se quedó mirándola y ella se sintió observada... y le gustó, pero se levantó de la cama y juntó los cojines.

–No es incómodo. Las alfombras son mullidas y con estos cojines...

–Déjalo – Shazim la tomó entre los brazos y le pasó la barba incipiente por el cuello–. No te escudes con cojines, alfombres y excusas, Isla. Déjate llevar y...

–No puedo... No... No lo haré.

Isla, con un esfuerzo inmenso, consiguió apartarse de él, le dio la espalda y se abrazó.

–Duerme en la cama –le ordenó él con delicadeza y

sintiéndose derrotado–. Estás agotada. Hablaremos de esto en otro momento.

Se sintió tan aliviada de que Shazim no quisiera aprovecharse de la situación que quiso llorar. Tenía los sentimientos a flor de piel y estaba tan cansada que no podía pensar en nada mientras se metía en la cama. Casi no tuvo ni fuerzas para quedarse solo con la camiseta y el tanga. Después, todo fue muy borroso. Ni siquiera recordaba haberse tapado con las sábanas. Se quedó dormida y no se despertó hasta que, a la mañana siguiente, oyó los cencerros de unas cabras. Entonces, se dio cuenta de que había dormido como un bebé... entre los brazos de Shazim. Se levantó de un salto y retrocedió hasta que las paredes de la tienda de campaña le impidieron ir más lejos. Frunció el ceño y se preguntó en qué momento de la noche Shazim se había metido en la cama con ella. Se calmó e intentó ordenar las ideas. Ella seguía con la camiseta y el tanga puestos, pero él estaba... despatarrado y desnudo. Su piel, del color del bronce, no tenía ni rastros de la tormenta de arena, estaba limpia y lustrosa, como el pelo tupido y moreno. Se había bañado y aunque sabía que no debería mirarlo, tenía el cuerpo de un titán y era difícil, no, imposible, hacer lo que sería correcto. Ni siquiera podía dominar la respiración, que estaba entrecortándosele. Se acercó aprovechando que estaba dormido para observarlo.

–¿Vas a volver a la cama? –murmuró Shazim con la cara entre los almohadones–. ¿O vas quedarte pensándolo el resto del día?

Tenía que estar hablando en sueños. Miró la espalda inmensa, los glúteos pétreos, los muslos musculosos... Volvía a estar en silencio, con la respiración apacible, con todo su espléndido cuerpo de bronce expuesto para que lo admirara. La única explicación que se le ocurría para que hubiese acabado entre sus brazos era que Shazim, cuando volvió de darse el baño, cayó agotado en la cama. Seguramente, la había abrazado dormido, quizá la hubiese confundido con otra... Se la cayó el alma a los pies de pensarlo. Además, ¿qué acababa de decir? Lo había dicho dormido. Tenía que afrontar la realidad. Shazim podía disponer de cualquier mujer que quisiera. Probablemente, ella habría tenido uno de sus sueños eróticos, habría gemido y suspirado, y él la habría abrazado como un acto reflejo. Solo esperaba que no hubiese hablado dormida. Sintió pánico solo de pensar lo que podría haber dicho o hecho para que la confundiera con otra.

Sin embargo, ¿qué podía hacer? No podía volver a la cama. Le tentó la idea de darse un baño. Eso la despejaría, le quitaría el polvo y la mugre del cuerpo y quizá el agua helada consiguiese darle un poco de juicio. Dio una explicación precipitada a Shazim, quien podía estar dormido, y salió corriendo. Fue hasta la orilla del oasis. No podía ver a nadie, pero tampoco tenía que desnudarse, el tanga y la camiseta de algodón no le molestaban para nadar. Volvió a mirar alrededor y se metió en el agua. Se sumergió y empezó a avanzar con brazadas poderosas. Nadar le relajaría los músculos doloridos. Aunque no le servía para enfriar los sentidos, se reconoció cuando volvió a pensar en la misteriosa noche con Shazim. Él no la había tocado. Contuvo una carcajada, ¡como si fuese a tocarla! Efectivamente, no la había tocado y no sabía sin sentirse aliviada u ofendida. Naturalmente, ¡se sentía aliviada! Habría salido corriendo si hubiese hecho algo. Había conocido esos torpes toqueteos de adolescente, pero aquella experiencia aterradora durante el entierro de su madre había acabado con el sexo para ella. El hombre, un buen amigo de su madre según él, había intentado violarla y casi lo había conseguido. Lo había impedido, pero nunca olvidaría el espanto. Además, el daño que le había hecho después la había acompañado para siempre.

Según él, le daba igual porque ella no tenía ningún atractivo ni servía para nada y ningún hombre la desearía jamás. Él solo había querido hacerle un favor. Ella, después de haber perdido a su madre, estaba en su momento más bajo y los comentarios de ese hombre la habían dejado devastada y derrotada. El único sexo que se había permitido después estaba en su cabeza, donde siempre conservaba el control. Shazim no tenía por qué saber eso y no lo sabría.

Levantó la cabeza para mirar alrededor. Se había alejado mucho de la tienda y era el momento de volver y pensar en el trabajo. Salió del agua y se concedió un último capricho. Cerró los ojos, se puso mirando al sol con los brazos extendidos y dejó que la secara.

Observó a Isla nadando y admiró su fuerza, dentro del agua y fuera de ella. Seguía luchando contra sus contradicciones, como él, pero en ese momento, mientras parecía adorar al sol, parecía más libre que nunca. No quería cambiarlo porque le indicaba que Isla alcanzaría su objetivo. En un momento dado, la había considerado como prometedora aunque inexperta, pero había sido una revelación durante la tormenta. Isla, valiente y resolutiva, lo había atraído tanto trabajando como durante la celebración, cuando le había parecido una mariposa etérea. Una vez más, había demostrado que era mucho más que eso. Alrededor de la fogata, con sus gestos y sonrisas, se había ganado muchos amigos entre su pueblo. Durante la tormenta, su valor y su resistencia le habían merecido el respeto de sus rastreadores. Esa mañana, muy temprano, cuando estaba tumbada en su cama, lo había tentado hasta la locura. ¿Qué iba a hacer? La tenía durante un par de días más y no tenía prisa, le excitaba prolongarlo.

–¡Shazim!

–Perdóname si te he asustado.

–No me has asustado –replicó ella cubriéndose con los brazos–. Anoche...

–Esta mañana no se te necesita –la interrumpió él.

–¿No se me necesita? ¿He hecho algo mal? –preguntó ella con el ceño fruncido.

–Al contrario. Los rastreadores y yo estamos de acuerdo en que descanses todo el día después de haber trabajado toda la noche.

–Para eso he venido –argumentó ella–. Si hay un problema, lo abordamos juntos.

–Hoy no hay ningún problema y a los rastreadores no les importa estar solos.

Ella pensó que los rastreadores no iban a llevar la contraria al jeque.

–No te preocupes, vas a trabajar –siguió él al captar sus dudas–. Voy a adentrarme contigo en el desierto, voy a llevarte a un estanque que sirve de abrevadero donde podrás comprobar cómo marcha el proyecto.

–¿Vamos a pasar la noche?

–¿Esa es tu primera pregunta?

–Tengo más.

–Bueno, para contestar a la primera te diré que la duración depende de lo que nos encontremos.

–Estaré preparada.

–Contaba con ello –reconoció él con una sonrisa.

Si era trabajo, no podía negarse, se dijo a sí misma mientras volvía a la tienda de campaña para prepararse. Su mayor preocupación era si Shazim estaba poniéndola a prueba para el trabajo o para otra cosa... y qué podía hacer ella al respecto.

Capítulo 13

QUE Isla iba a quedarse en Q'Aqabi ya era una certeza para él, no una posibilidad. Sin embargo, ¿cómo se sentiría ella cuando él encontrara una novia? ¿Cómo se sentiría él? Era posible que los pobladores de ese pueblo hubiesen puesto sus ojos en Isla, pero el país lo apremiaba para que se casara y cuando lo hiciera, la novia sería de un origen parecido al de él y entendería que el matrimonio era un contrato que beneficiaría a las dos partes. No tenía la libertad de pensar en el amor. Sencillamente, era algo inexistente en su mundo. Se debía a su país y a su hermano difunto y eso exigía una dedicación exclusiva a la causa.

—La verdad es que tengo que quedarme en la clínica mucho más tiempo —comentó Isla.

—¿Estás echándote atrás? Creía que estabas deseando visitar el interior conmigo.

—Bueno... Estoy empezando a darme cuenta del alcance del trabajo y necesito tiempo para asentarme en la clínica.

Él sintió su orgullo masculino herido. Isla no podía mirarlo a los ojos y eso indicaba que no estaba pensando solo en la clínica. En el mejor de los casos, creía que Isla no confiaba en sí misma si se adentraba en el desierto con él.

—La clínica no va a moverse, seguirá aquí cuando vuelvas.

Ella apretó los dientes como si hubiese tomado una decisión, pero él también la había tomado y estaba impaciente. Su avidez por ella crecía como un escozor muy irritante. Iría con él.

Shazim había conseguido que fuese imposible negarse a hacer el viaje, pero antes impondría algunas reglas. Para empezar, montaría su propio caballo. Era un viaje de investigación, no una excursión romántica.

Decir que iba a montar su propio caballo quizá fuese una exageración. El animal que le llevaron los rastreadores se parecía más una mula de carga, pero era afable y tenía las orejas aterciopeladas. Era un caballo viejo y tranquilo. Se llevarían bien, se dijo a sí misma con confianza mientras Shazim montaba su semental con fuego en los ojos.

—Veo que ya te has montado —comentó él esbozando una sonrisa burlona.

—Y yo veo que te has resignado a montar sin mi ayuda —replicó ella mientras tomaba las riendas.

—Así... —dijo él mientras se inclinaba sobre ella.

Era impresionante y el contacto de sus manos era un auténtico placer, pero fingió no apreciarlo mientras Shazim le metía las riendas entre los dedos. También era un guía extraordinario y le señalaba cosas que ella no habría visto, como gacelas escondidas en una duna y, sobre todo, un par de águilas del desierto que sobrevolaban sus cabezas. Sin embargo, la mayor sorpresa se la llevó cuando rodearon una duna especialmente alta.

—Mi puesto de observación —comentó Shazim con una sonrisa y encogiéndose de hombros.

Ella no supo si era una broma o no porque allí, a la orilla de un estanque precioso, estaba la tienda de campaña mecida por el viento que veía en sus fantasías.

–¿Era esto lo que te habías imaginado cuando saliste hacia Q'Aqabi? –le preguntó él mirándola desde su caballo.

–Más o menos –reconoció ella poniéndose roja.

–Mis colaboradores nos habrán dejado algo para comer y beber, pero propongo que nos demos un baño antes.

–Es una buena idea.

¿Qué le preocupaba? Shazim no había mencionado siquiera que la noche anterior había dormido con ella. Todo había sido trabajo desde que salieron del pueblo. ¿Eso no hacía que se sintiera un poquito decepcionada? No, en absoluto. Ese viaje era para ponerle al tanto de proyecto y nada más. Los colaboradores de Shazim habían pasado antes por allí para instalar el material que necesitarían para... para lo que fuera. Se olvidó enseguida de sus preocupaciones cuando se dirigieron hacia al agua. Su montura, mucho más pequeña, seguía a la de Shazim y se encontró metida en el agua sobre el caballo. Estaba consiguiéndolo... o eso creyó hasta que la fuerza del agua la levantó de la silla de montar. Entonces, la mano de Shazim la agarró del muslo y volvió a sentarla en la oscilante silla. Contuvo el aliento y aceptó el contacto de su mano y del movimiento del caballo. Sintió dos cosas opuestas, el agua gélida y su mano ardiente, que no apartó y que tenía a milímetros de... su rincón más íntimo.

–¿Mejor? –le preguntó él en un tono algo burlón.

Ella no contestó y se concentró en mantenerse sobre el caballo.

–Ha sido fantástico –reconoció ella mientras los caballos salían del agua.

La magia del desierto debía de estar apoderándose

de ella. Una vez en tierra firme, desmontó con mucho cuidado para no caer. Estaba empezando a sentirse más segura en un caballo. Tendría que hacerlo para salir adelante en el desierto. Pasó las riendas por encima de la cabeza del caballo y lo llevó a donde Shazim había dejado el suyo.

—Isla... —la llamó Shazim.

Se dio la vuelta para mirarlo y tuvo que aparentar que ver desnudo al más hermoso de los hombres era algo que hacía todos los días. ¿Qué había esperado? ¿Que sacaría un traje de baño de la alforja? Estaban en el desierto y la vida allí era inclemente. Sabía lo que podía esperar cuando fue allí. ¿Acaso no presumía de ser pragmática y de tener los pies en la tierra? Sí, pero no había esperado tener que ver a Shazim desnudo mientras se zambullía en el estanque.

—¿Voy a tener que ir por ti? —le gritó él desde el agua.

¡No! Sin embargo, solo había una manera de salir del paso. Lo miró en jarras y luego se quitó la ropa lenta y provocativamente. Él ya se había dado la vuelta, pero oyó que Isla se metía en el agua. Él necesitaba liberar la energía como fuese y había llegado hasta la orilla opuesta. Volvió a darse la vuelta y vio que Isla nadaba hacia él, aunque se paró a una distancia prudencial.

—¿Una carrera? —propuso ella con expresión de inocencia.

—Te daré ventaja.

—¿De verdad crees que la necesito? —preguntó ella con una ceja arqueada.

—Sé que la necesitas.

Entonces, cuando empezó a nadar, se dio cuenta de que estaba tan desnuda como él... y sus ojos habían dejado escapar un brillo desafiante inconfundible. En ese momento sabía por qué. Él se rio y salió detrás de ella. Estaba decidida a vencerlo en su propio juego, aunque estaba por ver si lo conseguiría. Él la siguió a un ritmo tranquilo porque sabía cuánto quería ganar. Todavía creía que tenía que demostrarle algo, pero estaba equivocada, no tenía que demostrarle nada.

Ella dejó de nadar cuando hizo pie mientras intentaba decidir qué hacía. Quizá no fuese tan desvergonzada como creía que era. Cuando la alcanzó, ella le lanzó un chorro de agua a la cara.

—Los dos podemos jugar a eso, señorita Sinclair.

—Eso espero —gritó ella.

Estaba asustada por lo que había empezado con Shazim, asustada y excitada. Las sensaciones ya eran inconfundibles. El miedo había dejado paso a una necesidad mucho más primaria y era inevitable que lo que había empezado como diversión acabara como algo serio. Se persiguieron en el agua y Shazim la rodeó con los brazos. Podía sentir cada centímetro de su impresionante cuerpo. Se quedaron quietos y se miraron un instante...

Los ojos de Isla se habían oscurecido de una forma inconfundible y él solo tenía un instante para decidir si quería una complicación así.

—¿Quién iba a decirlo? —preguntó ella empujándolo—. Puedes ser divertido.

—No sabes cuánto —murmuró él.

La soltó y levantó las manos para indicar que eso había terminado, pero, entonces, ella hizo lo que él menos había podido esperarse. Sin dejar de reírse, se abalanzó sobre él y le plantó un beso precipitado en los labios.

—No lo hagas —le advirtió él—. No sabes dónde estás metiéndote.

—Es posible que sí lo sepa —replicó ella aguantando su mirada.

Se miraron fijamente, hasta que la tomó en brazos y la llevó hacia la tienda de campaña.

Shazim no dijo nada, ni falta que hacía. Ella sabía lo que estaba haciendo. Aunque sabía que lo que tenía con Shazim era pasajero, había dado el primer paso y estaba preparada para llegar hasta el final. ¿Qué tenía exactamente con Shazim? Si alguien iba a ayudarla a quitarse el miedo al sexo... No, se había enamorado de él. ¿Estaba dispuesta a pagar ese precio tan alto por lo que podían ser unas horas del pacer? Nunca había sido cobarde, ni tonta. Ese diálogo interior era una sandez. Deseaba a Shazim. Durara lo que durase, todo había estado encaminado a ese momento.

Una vez dentro de la tienda de campaña, Shazim le tomó la cara entre las manos con una delicadeza casi reverencial. Hacía que se sintiese segura y valorada, hasta que algo cambió en su mirada y sintió un estremecimiento por toda la espalda. Seguramente, estaba pensando lo mismo que ella, que eso era un momento efímero, pero que mientras durara...

Se entrelazaron los dedos y la estrechó contra sí lentamente. Ella aspiró su olor a sándalo. Le encantaba su contacto, le encantaba estar tan cerca de él, le encantaba ese cosquilleo en la piel.

Cuando Shazim le rozó los labios con los suyos, se abandonó. Cuando profundizó el beso, se aferró a él con avidez. Él sería un rey poderosísimo, pero, en ese momento, eran iguales.

—Me alegro de que el destino te haya traído aquí —dio él para quitarle todas las dudas.

Se estrechó contra él, estaba deseosa de sentir más contacto, el contacto supremo. Era su hombre, su pareja. Sus lenguas se encontraron, su respiración se ace-

leró y supo que la suerte estaba echada. Shazim era
como el aire para sus pulmones y no podía resistir la
seducción de sus besos. Su cuerpo anhelaba que estuviese dentro de ella. Él era la parte que le faltaba y la
curación para sus miedos. Respondió a la pasión de
Shazim con gemidos de deseo, hasta que la soltó con
un gruñido. Ella se dejó caer en la cama y él se quitó la
túnica por encima de la cabeza. Lo miró con los ojos
como platos. Estaba desnudo y era formidable, como
una estatua de bronce. Tiró la túnica y se metió en la
cama con ella. Era enorme, hermoso... y todo era pro-
porcionado... Quiso salir corriendo por aquellos recuerdos atroces, eso era excesivo.

—Isla...

Estaba a gatas y estaba empezando a retroceder en
la cama, pero Shazim la agarró.

—No. Tú no huyes de nada, Isla, y menos de mí.

Mientras seguía vacilante, volvió a abrazarla para
serenarla con besos. No se había equivocado sobre Isla,
pero estaba más herida de lo que se había imaginado.
La abrazó un buen rato, hasta que empezó a cerrar los
ojos. La dejó sobre los almohadones y se levantó.

—¡No! —exclamó ella como aturdida y extendiendo
una mano mientras él se ponía la túnica—. Tienes razón,
no huyo de nada.

Él retrocedió. Era una tortura para él, pero la sobre-
llevaría por ella. La anhelaba hasta casi perder el dominio de sí mismo, que no perdía nunca, pero la necesidad de ella era mucho mayor que la suya y no se
aprovecharía de sus miedos. No estaba preparada para
él. Era intocable hasta que tuviese la fuerza de abrazar
esa causa común.

—No voy a abandonarte, pero tienes que decirme
quién te ha hecho daño. Si no expulsas ese veneno, te
destruirá.

Se sintió aliviado cuando empezó a explicárselo titubeantemente. Se sentó en una silla, algo apartado de la cama, para escucharla. No quería interrumpirla de ninguna manera. Era como si se hubiese abierto una herida y derramara toda la podredumbre del pasado. Además de la tragedia de haber perdido a su madre, la habían traumatizado más. Escuchó su historia con espanto y cuando la terminó, volvió a la cama y la abrazó.

–No todos los hombres son así, Isla. Aprende a confiar otra vez o te cauterizará para siempre.

Si bien ella sabía, en lo más profundo de su corazón, que eso era verdad, algo defensivo se abrió paso dentro de ella.

–Eso lo dice el jeque con sombras en la mirada –murmuró ella.

Toda su expresión cambió al instante y ella pudo ver el dolor en sus ojos. Lamentó inmediatamente lo que había dicho, pero él se levantó, volvió a vestirse, se puso unas sandalias y salió de la tienda. Esa vez, ella no lo llamó.

Capítulo 14

QUE Isla hubiese sacado a relucir el pasado lo había trastornado, pero el trabajo había sido siempre su salvación y, afortunadamente, no le faltaba trabajo. Estaba separando las gacelas embarazadas del resto de la manada cuando se acercó Isla. Se comportó como si no hubiese pasado nada entre ellos y lo agradeció. Trabajaron hasta que se hizo de noche, hasta que una nube tapó la luna.

–Hemos terminado por hoy –dijo él–. Seguiremos mañana.

Volvieron juntos hacia la tienda de campaña, pero él se detuvo junto a las cosas que había sacado de las alforjas.

–¿Qué haces? –le preguntó ella.

–Prepararme para dormir bajo las estrellas...

–No hace falta –replicó ella mientras él desenrollaba una colchoneta.

–Podría dormir en el suelo de la tienda –comentó él en ese tono burlón–, pero prefiero hacerlo aquí.

–Entonces, yo también

–¿Tú? –él la miró sin salir de su asombro.

Aunque ella le había abierto el corazón, se había imaginado que no querría estar cerca de él después de ese contacto que había tenido con la intimidad.

–No –siguió él–. No estás acostumbrada a dormir al raso.

–Te asombraría saber a lo que estoy acostumbrada...

Él soltó un improperio entre dientes y miró al cielo como pidiendo paciencia cuando ella volvió cargada de mantas y almohadones.

–Déjame –ella lo dejó todo en el suelo y se agachó para ayudarlo a quitar algunas piedras–. Lo siento –susurró ella mirándolo.

–¿Qué sientes?

–Descargar mis problemas en ti. ¿Podemos empezar otra vez? Por favor –añadió ante su silencio.

–Será mejor que no –contestó él al verla tan joven y sexy.

–Pero la relación laboral sigue igual, ¿verdad? –preguntó ella con nerviosismo.

–Nada ha cambiado –le tranquilizó él incorporándose

–¿Estás seguro de que te conformas con eso? –preguntó ella mirando la colchoneta.

–¿Por qué no?

Él la agarró de los hombros. La hoguera crepitaba y la luna resplandecía. Todo era como debía ser, pero, aun así, él tenía la sensación de que su vida, rígidamente encauzada, iba a cambiar.

–Creo que preferirías estar conmigo, en la tienda –susurró ella.

–¿No has aprendido nada? –preguntó él apartándola.

Quedó claro que no cuando ella alargó una mano hacia él, pero esa vez aceptaría su farol. Tomó su mano, le mordió la palma con delicadeza y cuando contuvo el aliento, se introdujo la yema de uno de los dedos en la boca.

El aire se cargaba de tensión a medida que Shazim la atrapaba en su red erótica. Cerró los ojos y tomó aire cuando él le rozó los labios con los suyos. Fue como si le preguntara si quería seguir y ella le respondió introduciendo los dedos entre su pelo para acercarlo más. La

embriagaba. Olía a humo y sándalo y el equilibrio ines-
table entre el miedo al amor físico y la sensación de que
estaba segura con él alcanzó un punto de inflexión. En
realidad, estaba corriendo el mayor peligro de su vida.
Shazim estaba destinado a cosas más trascendentales
que a una chica junto a una hoguera, pero ella no estaba
dispuesta a pasarse el resto de su vida preguntándose
cómo habría sido una noche con Shazim. Cuando él le
tomó el trasero con las manos, el equilibrio entre seguridad y peligro se inclinó irreversiblemente. Gimió cuando
la estrechó contra él y volvió a gemir cuando notó la
turgencia de su erección. Su cuerpo parecía amoldarse
al de él por iniciativa propia y cuando le tomó los pechos por encima de la camiseta, dejó escapar un grito
leve y entrecortado. Por una vez, se alegró de tener
unos pechos grandes y firmes. Se alegró de tener unos
pezones erguidos y tentadores y cuando le quitó la camiseta con un movimiento muy fluido y le lamió un
pezón primero y el otro después, ella arqueó la espalda
y contoneó las caderas para mostrarle lo que le gustaba.

–Todavía no –murmuró Shazim con una sonrisa maliciosa–. Tienes que aprender a tener paciencia, *habibti*.

Ella no tenía ni paciencia ni dominio de sí misma y
se cimbreó contra él.

–¿Qué quieres? –le preguntó él en tono insinuante.

–Creo que ya lo sabes –susurró ella.

–Tienes que decírmelo. Son mis reglas.

–¿Tus reglas?

–¿Eres desafiante hasta en este momento?

Él frunció el ceño, pero ella supo que la idea le divertía.

–Mis reglas o nada –añadió él tomándole la cinturilla del pantalón corto.

–¿Quieres apostar algo?

Ella le apartó la mano y se bajó la cremallera provocativamente. A él le encantaba que fuese desafiante y estuviese decidida. Ya estaba preparada y la espera había merecido la pena. No quería que nada se interpusiera entre ellos, y mucho menos el pasado o el miedo de ella. Volvió a tomarle la cinturilla del pantalón y se lo bajó lentamente. No tenía prisa, quería deleitarse con la piel sedosa en sus manos curtidas mientras le bajaba el tanga. Podía esperar para provocarla y acariciarla. Tenía que recordarse que, aunque le costara, el tiempo le recompensaba con placer.

Isla contuvo el aliento cuando él se quitó la túnica por encima de la cabeza. Fue la misma reacción que la de él cuando la miró. La hoguera daba un tono melocotón a la piel de Isla mientras él seguía entre las sombras. El contraste era evidente, y ella era la mitad de pequeña.

–Shazim... Acaríciame... Enséñame...

Él hizo una breve pausa y la silenció con un beso.

–No haré nada hasta que me digas lo que quieres –le recordó él.

–Termina con esta tortura –le pidió ella.

Sin embargo, seguía tapándose pudorosamente con los brazos y no hacía nada para estimularlo.

–¿Qué tortura? –preguntó él acariciándole los muslos.

–No me duelen las piernas –replicó ella con el ceño fruncido.

–Estás acostumbrándote a montar a caballo –comentó él con una sonrisa levísima.

Siguió acariciándola mientras ella suspiraba de placer y, por fin, llegó a donde lo necesitaba, pero no era suficiente.

–Shazim... –le rogó ella con la voz temblorosa.

–¿Te gusta? –murmuró él provocándola más.

–No lo bastante –se quejó ella con la cara sobre los

almohadones como si su atrevimiento hubiese llegado demasiado lejos incluso para ella.

Él la tumbó de espaldas, se puso sus piernas sobre los hombros y se arrodilló delante de ella. Se quedó estupefacta.

–¿Qué estás...?

No pudo acabar la frase cuando le agarró el trasero para sujetarla bien. Nunca se había imaginado que pudiera llegar a estar así de excitada. ¿Se podía sobrevivir a una sensación como esa? Ella lo dudaba. Shazim era muy intuitivo, sabía cuándo parar y cuándo darle un poco más. Había acabado con el pudor que le quedaba y la tenía con las piernas sobre sus poderosos hombros, estaba al límite. Su lengua era un poco áspera y sabía cómo emplearla. El ritmo era irresistible y estaba sintiendo la tensión previa a dejarse arrastrar cuando se detuvo. Ella dejó escapar una exclamación de frustración cuando le bajó las piernas y se sentó. Sin embargo, le introdujo uno de sus musculosos muslos entre las piernas y se las separó. La miró y se sintió expuesta y excitada, anhelaba el contacto, pero él solo le concedió la punta de su erección. La frotaba con delicadeza y sintió la necesidad de liberarse. Ni siquiera había llegado a conocer su cuerpo en lo relativo a la capacidad de sentir placer, pero en ese momento estaba ávida de más y arqueó las caderas.

–Te necesito –gritó ella con desesperación.

–Necesitas esto –le corrigió él–. Dímelo –le ordenó en un tono más firme.

–Necesito todo lo tuyo y lo necesito ya –insistió ella sin dejar de arquear las caderas.

–Yo decidiré cuándo –la besó para sofocar su grito de decepción–. No voy a precipitarme ni siquiera por ti. No quiero hacerte daño, Isla.

Ella lo creyó, confió en él, algo que había creído que

no conseguiría jamás. Entonces, la acarició con la mano y la elevó a otro nivel superior de excitación.

–Dímelo –susurró él besándola–. Dime qué necesitas.

–Te necesito dentro de mí –dijo ella con la voz temblorosa–. Eres muy... grande y quiero acostumbrarme a ti primero, pero luego, quiero que me tomes con fuerza...

Gimió de excitación cuando Shazim fue entrando... y no salió. Se quedó muy quieta para saborear el momento y dejó escapar un soplido de placer cuando entró un poco más. Lo repitió varias veces, algunas se retiraba completamente para volver a entrar más cada vez. Confiaba plenamente en él y sabía que si se ponía tensa, él pararía. Era una lección de cómo relajarse y la recompensa era sentir toda su extensión dentro de ella. Cuando contoneó las caderas, estuvo a punto de desmayarse, pero él, como siempre, supo mantenerla al límite. Entonces, se quedó quieto y apoyado en los antebrazos, se retiró hasta que estuvieron completamente separados y, cuando ella ya empezaba a temer que fuese a parar, volvió a entrar hasta el fondo. Se movió con fuerza, con acometidas rítmicas y firmes, la dejó sin aire en los pulmones y sin miedo en el corazón, hasta que, con un grito de alivio, se dejó arrastrar por el placer. Se quedó inmóvil, él bajó el ritmo, un ritmo cadencioso y, entonces, ella se dio cuenta de que el placer, en vez de haberse aplacado, estaba resurgiendo.

–Separa bien las piernas y no te muevas –le pidió Shazim mirando el punto donde estaban unidos–. Lo único que tienes que hacer es quedarte quieta y gozar.

La perspectiva la excitó más y separó las piernas.

–Relájate –le avisó él cuando la notó tensa por la proximidad del clímax–. Si no te relajas, pararé. Ahora, concéntrate en ese sitio y en nada más. Muy bien –la felicitó cuando se quedó inmóvil.

Entonces, la puso a gatas y se colocó detrás de ella. La sujetó con las manos en el trasero mientras la avidez se adueñaba de ella. Pensar en el placer que se avecinaba la había hecho insaciable y cuando la tomó no pudo contenerse.

–Qué codiciosa... –murmuró él mientras ella contoneaba las caderas para exprimir hasta la última gota de placer.

Esa vez, Shazim no le permitió casi ni respirar antes de tumbarla de espaldas otra vez y tomarla sin contemplaciones. El mundo ya no existía, no existía nada aparte de ellos dos y para ella no existiría otro hombre que no fuese Shazim.

Él se deleitó con los jadeos de placer de Isla y con sus gritos cuando alcanzó el éxtasis. Era una revelación y su apetito era tan grande como el de él. No había terminado de bajar de una ola cuando ya estaba buscando la siguiente.

–¿Y tú? –le preguntó ella cuando se detuvo por fin.

–¿Yo? ¿Crees que no estoy disfrutando?

–Sé que sí...

Él se estremeció de placer cuando le rodeó el miembro con su mano.

–Entonces, tienes que montarme.

–¿De verdad...? –preguntó ella con una mirada insinuante–. ¿Necesito otra lección de equitación?

–Sí.

–Entonces, estaré encantada de obedecer, Majestad.

Cambiaron las posiciones y se puso encima de él con las piernas bien separadas. Echó la cabeza hacia atrás y gruñó de placer mientras él la guiaba lentamente hacia abajo.

–Eres una bruja –comentó él a medida que ella ganaba confianza.

–Y tú eres el mejor caballo que he montado en mi vida.

Se rieron mientras ella intentaba que no se moviera. Ir a Q'Aqabi a hacer el trabajo que amaba la había alterado de una manera ligera aunque fundamental. Ya no solo sabía lo que quería, sino que sabía cómo conseguirlo. Sin embargo, no tenía ni idea de cómo la dejaría marcharse él.

–¿Mejor? –le preguntó él cuando estaba lo bastante calmada para poder hablar.

–Casi –contestó ella provocándolo con la mirada–. Tengo la sensación de que puede haber más.

–Mucho más –confirmó él demostrándoselo.

–Tienes razón –susurró ella con un suspiro de placer.

Shazim conseguía que todo fuese posible. Ella jamás se había imaginado que tuviese un apetito tan insaciable.

–Me encanta –añadió ella para contestar a su pregunta anterior.

Eso la encantaba, pero a él lo amaba, se dijo a sí misma mientras la ponía de espaldas a él.

–Es para que pueda acariciarte mientras te tomo –le explicó él.

–Me parece bien todo lo que hagas.

Ella se rio ligeramente al darse cuenta de que era verdad. Shazim no podía hacer nada que la asustara o que no le diese placer, aunque habría que inventar otra palabra para describir esa cantidad de placer.

–Sí... –murmuró ella cuando la empujó un poco hacia abajo para entrar mejor–. Es maravilloso... y no puedo contenerme...

–Ni tienes que hacerlo –le recordó él manteniendo el ritmo–. Déjate llevar...

Le encantaba ver la cara de Isla cuando perdía el

dominio de sí misma, pero verla desde ese ángulo era otra visión del placer. Sujetándole el trasero con una mano, le acarició el clítoris con la otra mientras acometía con ímpetu. Isla, sin embargo, tenía algunas ideas propias y él gruñó cuando ella apretó los músculos interiores alrededor de él.

–Déjate llevar –le apremió ella mientras se inclinaba un poco más–. Déjate...

El rugido del clímax de los dos sofocó el resto de las palabras mientras caían juntos. Creyó que Isla conseguiría dejarlo sin fuerzas antes de haber acabado con él y cuando se recuperaron por fin, se quedaron tumbados en la colchoneta y se durmieron.

Él se despertó en un momento de la noche y la miró. Parecía tan apacible, joven y feliz que esbozó una sonrisa como la que tenía ella. Se preguntó qué estaría soñando para que sonriera. Entonces, la hoguera empezó a apagarse y el frío le recordó que la temperatura bajaría más todavía. La tomó en brazos, la llevó a la tienda de campaña y la tumbó en la cama. Él también se tumbó, la abrazó, le dio un beso y les tapó con una manta.

Capítulo 15

S E DESPERTÓ poco a poco, sonrió al acordarse de Shazim haciendo el amor con ella y alargó un brazo para tocarlo.

—Hola, gandula...

Se dio la vuelta y lo vio secándose el pelo con una toalla. Tenía otra alrededor de la cintura. Se había dado un baño y tenía el torso resplandeciente. Era impresionante. Tuvo que reconocerse. Ella era la misma mujer con aspecto somnoliento y con los pies en la tierra que había sido siempre, demasiado sensata como para que la llamaran guapa. Un hombre como Shazim se acostaría con una auténtica belleza. Una cosa era darse un revolcón con un patito feo en el desierto, donde no lo veía nadie, pero buscaría un cisne cuando volviera a la ciudad.

—Vamos —la apremió él inclinándose sobre ella—. Es hora de levantarse. Tenemos trabajo.

—Antes, un beso —le pidió ella para aferrarse a la fantasía un rato más.

Le encantaba la seriedad de él. Le encantaba que hablase en plural. Siempre había soñado que les considerase un equipo, al menos, profesionalmente. Y eran un gran equipo, por el momento. Lo miró y sonrió para alejar los temores.

—Esto es algo especial, ¿verdad?

Parecería anhelante, pero estaba tan enamorada que le daba igual.

–Tan especial que podría no cansarme nunca de ti –contestó él riéndose.

El corazón le dio un vuelco de felicidad. Eso era lo único que quería oír. Él, por su parte, debería haber sabido que no bastaría con un beso. La levantó de la cama y la besó con avidez mientras ella le rodeaba la cintura con las piernas. La apoyó en uno de los firmes postes de la tienda e hizo lo que tenía que hacer.

–Sí... –murmuró ella mientras la penetraba.

Un instante después, estaban moviéndose juntos y riéndose con las bocas juntas.

–Otra vez –le pidió ella contoneándose para estimularlo.

Él no necesitaba estímulos y la tomó otra vez.

Habían sido los días más felices de su vida, pensó Isla mientras lo ayudaba a liberar unas gacelas del desierto. Habían compartido algo especial y lo mejor de todo, lo que no podía creerse, era que Shazim parecía pensar lo mismo de ella. No le había dicho que la amara, pero sí le había dicho que podría no cansarse de ella. Efectivamente, Shazim era un rey y nunca podrían ser una pareja entrañable, pero sí podrían llegar a algo. ¿Y cuándo se casara como hacían los reyes? No lo sabía, esa era una pregunta para otro día. Dejó a un lado esas preguntas y siguió abriendo las jaulas para soltar a los animales. Se miraron con una expresión triunfal cuando los animales salieron corriendo y el corazón se le desbordó de amor por Shazim.

–Ahora, tengo que marcharme. Me daré un baño para refrescarme y luego...

–¿Ya vas a marcharte? –le preguntó ella.

Creía que estaba preparada. Él había comentado que los rastreadores irían para que no estuviese sola, pero había estado tan atareada que no había hecho mucho caso. En ese momento se acordaba de que le había explicado que tenía algunos asuntos de Estado y que después se reuniría con los líderes de unas tribus. No era una sorpresa que tuviera que marcharse, pero tampoco había esperado que fuese tan pronto.

—Una emergencia —contestó él—. Un conflicto entre unas tribus. Si no estoy para mediar, podría desencadenarse algo grave.

—Entonces, tienes que ir. ¿Qué pasa? —le preguntó ella al ver que vacilaba.

—No quiero dejarte, Isla.

—No seas ridículo. Tienes que ir —ella se puso muy recta—. No creerás que no puedo arreglarme...

—Los rastreadores están de camino —murmuró él como si estuviese pensando en voz alta.

—¿Lo ves? No pasa nada. Ahora, márchate.

—La última vez que hablé con ellos, me dijeron que tardarían como media hora.

—Entonces, ¿qué te preocupa?

Él farfulló algo.

—Mira —ella señaló hacia el desierto—. Se puede ver el polvo de los todoterrenos. Están más cerca de lo que creías.

—Tendrán que dejar los todoterrenos y seguir a caballo.

—Sé que no me dejarías si hubiese el más mínimo peligro.

Solo podían verse sus ojos entre los pliegues del pañuelo y era el León del Desierto otra vez. Ella sabía muy bien lo que estaba haciendo. Los dos tenían que hacer su trabajo.

—Vete —insistió ella—. No habría aceptado venir a Q'Aqabi si no hubiese creído que podía arreglarme en situaciones como esta.

—Hay víveres abundantes y podéis acabar la tarea —el caballo de Shazim estaba poniéndose impaciente—.

La previsión del tiempo es buena, pero recuerda que el desierto es impredecible.

—No pasará nada. Si no puedo sobrevivir ni veinte minutos sola, ¿qué hago aquí?

Shazim seguía preocupado mientras se despedía y ella se preguntó si esa preocupación tenía algo que ver con las sombras que veía en sus ojos. No le dio tiempo a preguntárselo y él empezó a alejarse. Shazim era un rey con responsabilidades, se dijo a sí misma cuando dejó de verlo. No disponía de todo el tiempo del mundo para estar con ella. Siempre había sabido que lo suyo acabaría bruscamente y quizá fuese para bien. Estaba segura de que Shazim volvería, pero para entonces habrían tenido tiempo de reflexionar y de hacerse a la idea de que Shazim no podía tener una relación duradera con la veterinaria que había reclutado.

Los rastreadores no llegaron, la llamaron por radio para comunicarle que un aviso de riadas les había impedido tomar la ruta que habían pensado y que tenían que subir a un punto más alto inmediatamente. Shazim ya estaba de camino para volver con ella.

—Si solo viene a rescatarme, puede quedarse donde está —replicó ella con preocupación por él.

—Ya está en camino, señorita Sinclair. No podemos hacer nada para detenerlo.

No pudo seguir hablando porque la señal de radio se cortó. Por el momento, no había indicios de ninguna riada y Shazim era tan capaz de cuidar de sí mismo como ella. Aun así, estaba preocupada por él y no dejaba de mirar el cielo. Quizá el aviso de tormenta fuese en otro sitio más cerca de los rastreadores. Si pasaba lo peor, ella se había fijado en el camino que habían tomado las gacelas para subir la ladera. Eran senderos estrechos, pero transitables.

Solo esperaba que Shazim no corriera riesgos. Se secó unas lágrimas de preocupación y se puso a trabajar.

No podía creerse lo que había hecho. Había dejado a Isla sola en el desierto. Él sabía mejor que nadie que todo podía cambiar en cuestión de minutos. Además, mientras se alejaba, había intentado convencerse de que estaba haciendo lo que tenía que hacer y que tenía que dejar a Isla para salvarla de él. Había cometido un error garrafal. Si Isla estaba en peligro, él tenía que estar a su lado. Había enviado un comunicado a los jefes de las tribus para decirles que si no zanjaban las diferencias entre ellos, tendrían que responder ante él. El consejo le había contestado inmediatamente y le había informado de que las partes en conflicto se habían separado a regañadientes, pero que iban a acatar la voluntad del jeque. Él era un gobernante fuerte y no debería haber permitido que sus sentimientos hacia Isla hubiesen llegado tan lejos. No podía permitir que su relación avanzara, pero eso no significaba que fuese a exponerla a ningún peligro. No podía soportar ser el responsable de otra tragedia, y cuando se trataba de Isla...

Se inclinó sobre el cuello de su caballo y lo azuzó para que galopara más deprisa. Llegaría donde estaba ella costara lo que costase.

Se paró en seco. El lugar donde la había dejado ya estaba inundado y el cauce seco estaba lleno de agua. Tendría que rodearlo. Había intentado llamarla por teléfono vía satélite, pero la línea se cortaba y eso indicaba que las condiciones meteorológicas estaban empeorando. Solo esperaba que hubiese subido a un punto más alto. Había pedido helicópteros de la flotilla real, pero no podía estar seguro de que fuesen a llegar a tiempo. Si la perdía... Isla era más valiente y resolutiva que nadie que hubiese conocido. Él podía estar comprometido con su país y con el proyecto de su hermano, pero si eso que sentía era querer a alguien, lo aceptaba con todo su corazón y cuanto antes se lo dijese a ella, antes podría vivir tranquilo consigo mismo. Darse cuenta de que podía estar en peligro lo había estremecido, había desatado algo dentro de él y ya sabía, sin sombra de duda, que tenía que estar con ella porque la amaba. Era su vida.

No había ni rastro de Shazim ni de riadas. El caudal del río había subido de nivel, pero eso se debía a que había habido una tormenta en algún sitio. El cielo estaba lleno de nubarrones, algo que no había visto nunca en el desierto, pero no había motivo de alarma. Todavía tenía que soltar un grupo de animales antes de que diera por terminada la jornada. Al menos, eso había creído. Algunos animales habían conseguido escaparse y los alcanzó en el terreno llano junto al río, donde Shazim le había advertido que no fuese porque podía inundarse. Se daría prisa, se dijo a sí misma mientras el agua empezaba a mojarle las botas. Levantó la mirada y miró al resto de la manada, que estaba subiendo más todavía por la ladera del barranco. Aguzó el oído, pero no oyó nada raro. Terminó y los últimos animales se reunieron con sus compañeros.

Él último animal que soltó fue una cría de gacela, que subió como un rayo por la ladera. A Isla se le encogió el estómago cuando vio sus ojos aterrados, pero intentó convencerse de que a ningún animal le gustaba que lo capturaran y de que no tenía nada que temer. Dio un respingo cuando un trueno le llevó la contraria. Entonces, empezó a llover. La lluvia la golpeaba con la fuerza de una infinidad de puñetazos y la empapó inmediatamente. Por eso estaban tan asustados los animales. Se había preparado y sabía lo que podía pasar por una tormenta en el desierto. Corrió y empezó a subir por la escarpada ladera. Supo que se había confiado y que el trabajo la había distraído. Debería haberlo hecho antes. Sentía cómo se arañaba las manos al intentar encontrar sitios donde agarrarse por el mismo camino que habían tomado las gacelas. La arena del desierto no absorbía bien el agua de una tormenta repentina y podía alcanzar una altura de diez metros. Tenía que seguir escalando o podría ahogarse. También había leído que, en el desierto, se moría más gente ahogada que de sed. Alcanzó un saliente y se paró para tomar aliento, pero no había subido bastante. Los animales estaban mucho más arriba que ella, pero también corrían muchos riesgos. Entonces, dejó escapar un grito cuando la cría que acababa de soltar se desequilibró y cayó al vacío. Respiró con alivio cuando aterrizó en otro saliente, pero estaba aturdida y atemorizada. Volvió a bajar un poco para rescatarla. Podía oír que el agua se acercaba, era como un murmullo lejano, pero cada vez lo oía con más fuerza.

Estaba a salvo en un terreno elevado y pudo ver la riada que se acercaba. La única manera de cerciorarse de que Isla no estaba atrapada era descender por el otro lado el barranco donde habían estado trabajando. Cuando llegó a la cima y miró, vio que el volumen y la fuerza del agua eran peores de lo que se había imaginado. En las alforjas tenía cuerda, guantes y un botiquín. Además, sabía escalar. También sabía lo peligroso que podía ser. Nadie podía saberlo mejor cuando la tragedia que mató a su hermano fue por escalar. Estaba decidido a que esa vez no hubiese tragedias. La riada arrastraba palmeras como si fuesen palillos de dientes. En el desierto, las tormentas llegaban deprisa y se pasaban como habían llegado, pero la devastación que causaban podía ser trágica y dejar consecuencias muy duraderas. Isla estaría a salvo si se hubiese quedado en la tienda de campaña, pero le extrañaría que hubiese ido allí cuando quería acabar el trabajo. Estaba seguro de que todavía estaba en algún sitio, pero ¿dónde? Tendría que escalar unos diez metros por encima del cauce del río para estar a salvo. Ató la cuerda a una roca y empezó a descender recordándose que era sensata y resolutiva. Lo había demostrado en la tormenta de arena y él le había advertido que no se acercara al cauce del río. Estaría a salvo, tenía que estarlo. Podía ver la tienda de campaña entre la lluvia desde esa altura, pero no vio ni rastro de Isla entre la tienda y el oasis. El agua golpeaba contra un costado del saliente de roca y destrozaba todo a su paso, pero todo permanecía igual al otro lado. Esperaba que la sensatez de Isla la hubiese mantenido en el lado seguro.

Por el momento, estaba a salvo en un saliente y con el animalillo en brazos. Iba a descansar un poco antes de seguir cuando vio una sombra por encima de su cabeza.

–¡Shazim!

Nada podría haberle sorprendido más que verlo bajar hacia ella desde el otro lado del barranco.

–¿Estás bien? –le preguntó él mirando alrededor.

Ella asintió con la cabeza cuando la miró a los ojos. Sin decir nada más, él tomó la cría de gacela y se la puso a los hombros.

–Vamos. No podemos quedarnos aquí. El agua sigue subiendo.

–No –ella sacudió la cabeza cuando él le tendió una mano para ayudarla–. Necesitas las dos manos para escalar. No seré la responsable de que el jeque de Q'Aqabi encuentre la muerte.

Isla se quedó impresionada cuando vio el cambio en la expresión de Shazim.

–Toma mi mano –insistió él con aspereza–. No tenemos tiempo, el agua va a arrastrarnos.

Ella no le hizo caso. Tanteó con el pie hasta que encontró un apoyo, dio un salto y consiguió aterrizar en otro saliente estrecho.

–Pásame la gacela.

–No, no tienes bastante fuerza –replicó él.

–Pásamela –insistió ella.

Él no dudaba del valor de Isla, pero no tenía fuerza para eso. La gacela, aterrada, decidió enroscarse alrededor de su cuello y no moverse.

–Quédate dónde estás –le ordenó él–. Ahora voy.

Isla había encontrado la entrada de una cueva en la ladera y fue a refugiarse allí. Cuando él llegó, estaba pálida. Dejó la gacela en el suelo para que volviera a la libertad y abrazó a Isla con alivio. Cuando ella se aferró a él, se preguntó si la soltaría alguna vez.

–Siento todo lo que ha pasado. Ha sido culpa mía por abandonarte.

–No –ella se apartó un poco para mirarlo–. Sabía lo que estaba haciendo. No soy tonta, Shazim.

–No tienes nada de tonta, pero podrías haber muerto –insistió él.

–Me dejaste porque creías que solo serían unos minutos. Si no puedo defenderme en el desierto durante ese tiempo, no hago nada aquí.

–Pero si te hubiese pasado algo...

–No me ha pasado nada y si me hubiese pasado, habría sido responsabilidad mía, no tuya.

–Te equivocas –replicó él con firmeza–. Habría sido responsabilidad mía porque yo te traje aquí.

–¿Qué te pasa, Shazim? Los rastreadores me dijeron que no vienes al desierto si puedes evitarlo. Pones en marcha uno de los proyectos de conservación más importantes del mundo y te retiras para que otros se lleven el mérito, aunque controlas hasta el último detalle desde lejos. El proyecto solo existe porque tú...

–Te equivocas –repitió él con tristeza.

–Existe gracias a ti, no porque un fantasma del pasado esté dirigiéndote. Es tu proyecto, tu obra, tu éxito.

–¡No sabes de qué estás hablando!

–¿No? Sé lo que veo. No me has traído aquí para que sea dócil y acepte todo lo que dices. Me has traído para que lo cuestione, para darle un valor añadido, y lo haré si me lo permites, pero si no puedes dejarme sola en el desierto, no sé a dónde vamos a llegar.

–Estás pisando un terreno muy peligroso al sacar a relucir el pasado –comentó él en tono gélido.

–Nunca me has hablado de tu pasado y no podía saberlo. Solo sé lo que me han contado los rastreadores, que todo lo que haces aquí es para honrar la memoria de tu hermano. Sin embargo, ¿cómo vas a honrarlo si no confías en la gente que te ayuda en el proyecto? ¿Es porque no confías en ti mismo? ¿Por eso te comportas conmigo como si no pudiera hacer nada por mi cuenta?

–Lo que pasa es que no me escuchas –replicó él con impaciencia.

– Ah... –ella fingió sorpresa–. Y yo que creía que íbamos a escucharnos el uno al otro...

–Deberías haberte mantenido alejada del cauce del río. Además, no deberías haber venido...

–¿No debería estar en el desierto o no debería estar en Q'Aqabi contigo? ¿Ya no crees que tenías que invitar a la ganadora del premio, Shazim? ¿Se trata de eso? Querías acostarte conmigo y utilizaste esa parte del premio, pero ya me has conseguido y ahora te estorbo. Incluso, podría ser un motivo de bochorno para ti. ¿Eso es lo que piensas?

–No se trata de eso y lo sabes –contestó él igual de acalorado.

–¿De verdad? A mí me parece que el jeque de Q'Aqabi consigue lo que quiere cuando quiere y que después, se da media vuelta y se larga montado en su caballo.

–No ha sido así.

Las sombras de la cueva daban un aspecto amenazante a Shazim, pero ella no había acabado.

–¿Cómo ha sido, Shazim? Me trajiste aquí para seducirme, y no solo en el aspecto sexual. Conseguiste que bajara la guardia... Me engatusaste con palabras y la magia del desierto. Escuchaste mis miedos y aplacaste mis penas sin decirme una sola palabra de ti. ¿Fingiste interés solo para acostarte conmigo? –Shazim parecía asombrado y furioso, pero ella no podía parar e hizo un gesto señalando alrededor–. ¿Todo esto era una treta para conseguir lo que querías? Te ganaste mi confianza y abusaste de ella. Entendiste mi dolor y lo hiciste propio, o eso pareció. Ahora solo puedo pensar que lo hiciste para que me relajara y pudieras seguir adelante con la tarea de seducirme, para tomarme y mandarme a casa. Objetivo cumplido. Te diré algo, Shazim de Q'Aqabi. Estás tan acostumbrado a que todo el mundo te obedezca que no sabes cuándo hacen algo porque les importas. Te admiraba a ti y a todo lo que has hecho por Q'Aqabi, pero ahora solo siento lástima porque nunca sabrás lo que es jugarte el corazón...

–¿Qué tiene que ver mi corazón con todo esto?

–Efectivamente –ella se introdujo las manos entre el pelo con desesperación–. No te permites sentir nada, y tu corazón no tiene nada que ver con todo esto. Para ti, nuestra relación es solo la de un jefe y una empleada que se han dado placer. Que hayamos dormido juntos y que, para mí, hayamos intimado, no significa nada para ti. Yo estaba entre los asuntos que tenías que hacer y una vez hecho, pasas al punto siguiente de tu agenda.

Capítulo 16

ESTÁS muy equivocada, Isla. No sé qué esperas de mí. No te he prometido nada.

–Tampoco defraudas –ella dejó escapar una risa sombría–. Ahora, ¿no te parece que podríamos intentar salir de aquí? –Isla se acercó a la boca de la cueva y miró afuera–. A mí, sí.

Shazim le puso una mano en el brazo y ella estuvo segura de que era para calmarla.

–Me alegro de que estés sana y salva.

Ella quiso creerlo y tomó una bocanada de aire.

–Tienes las emociones a flor de piel –siguió él–. Tienes que serenarte. Si queremos salir de aquí, vas a necesitar toda tu concentración.

–Estoy serena... Bueno, al menos, lo estoy ahora. Además, si tengo las emociones a flor de piel es porque me importas, tozudo...

–¿Tozudo yo?

–Sí, tú –contestó ella con rabia–. Cuanto más protejas tus heridas, más supurarán. Déjame entrar, Shazim... o, al menos, prométeme que dejarás que entre alguien.

–¿Que te deje entrar? –preguntó él con el ceño fruncido–. ¿Crees que puedo permitirme tener emociones?

–Me dijiste que soy una mujer además de una científica. ¿No se te puede aplicar lo mismo a ti? Eres un hombre además de un rey, Shazim. Puedes sentir.

Se quedó boquiabierta cuando la tomó entre los brazos.

–Y tú me atormentas hasta la locura...

Shazim gruñó algo en su idioma, la arrinconó contra la pared con las manos a los costados de su cara y se estrechó contra ella. Le derritió la rabia con su pasión y su frustración dejó paso al ardor. Lo golpeó en el pecho.

–Para... Para...

–Si pensara por un momento que querías eso... –él se apartó y dejó de tocarla–. ¿Lo quieres?

–No –reconoció ella alargando una mano hacia él.

Se abrazaron con ímpetu. El amor y el deseo podían más que su voluntad y la apremiaban a unirse con él. A partir de ahí, solo había un final posible. Shazim la levantó y la sujetó con las manos en el trasero mientras ella le rodeaba la cintura con las piernas. Estaba más que preparada para él y le dio lo que quería con acometidas firmes y profundas. Todo su cuerpo estaba unido al de él, pero solo sentía la necesidad apremiante que tenían los dos de reforzar la confianza en el otro. Shazim se movía con la misma avidez que ella para llegar al clímax y cuando llegaron, fue tan poderoso y vital como el aire que respiraban a borbotones.

–Tenemos que escalar el barranco, *habibti* –murmuró él entre besos cuando se calmaron–. Tienes que reservar tus fuerzas para eso.

Él lo había dicho con la voz ronca y en un tono burlón, pero ella no había terminado todavía. Shazim seguía duro y dentro de ella. Giró las caderas y él se dejó arrastrar. Se arrodilló y la tomó con acometidas rítmicas y profundas. Deseaba a esa mujer con una voracidad que no se apagaría jamás. Pensaba en ella en todo momento. Lo mantenía en vela por la noche. Sabía cómo llevarla al límite y traspasarlo. Lo hizo con rapidez y eficiencia porque tenían que seguir, no podían perder más tiempo.

—¡Ya...! —gritó ella de placer.

Se desarboló entre sus brazos mientras él se cercioraba de que disfrutaba hasta el final y, entonces, se derrumbó saciada contra su pecho.

—Eres increíble —susurró ella.

—Tú también.

—¿Qué vamos a hacer con esto, Shazim?

—¿Qué vamos a hacer? —él la dejó en el suelo—. Primero tenemos que salir de aquí.

—Eso no es una respuesta —aun así, se soltó de él como si hubiese tomado una decisión—, pero tienes razón. Deberíamos concentrarnos en escalar el barranco.

Ella lo dijo con una voz tensa que había perdido toda la pasión. Isla podía volver a ser pragmática en cualquier momento, pero él sabía que estaba dolida por dentro y que no podía ofrecerle nada. Miraron fuera de la cueva, donde el agua seguía rugiendo.

—Vamos a hacer algo.

—¿Tienes suficiente cuerda? —preguntó ella comprobando el poco material que tenían.

—Tiene que ser suficiente.

—¿Es seguro? —volvió a preguntar ella mirando la cuerda, la tiza en polvo y los guantes.

Nada era seguro, pero no tenían elección. No iban a quedarse de brazos cruzados.

—La cuerda aguantará bien tu peso. Solo tengo un par de guantes y te los pondrás tú...

—Ya, meteré las dos manos en uno de tus guantes. Ponte tú los guantes, yo usaré la tiza.

En ese momento, podía imaginársela a la cabeza de su expedición en el desierto. Cuando conociera plenamente los peligros que podía encontrarse su equipo, sería una líder formidable. Sin embargo, ¿podía él arriesgar la vida de alguien así en esa escalada tan peligrosa?

–Preferiría que te quedaras aquí hasta que trajera un helicóptero para...

–No. Si tú vas, yo te acompaño.

–Es una escalada difícil y un riesgo muy grande.

–Eso lo decidiré yo. Venir a Q'Aqabi era un riesgo, pero aquí estoy. Tú te arriésgate para encontrarme y llegar hasta aquí. ¿Estás diciendo que no puedo hacer lo mismo?

–No tienes la misma fuerza.

–La inacción tampoco es una alternativa para mí, Shazim. Vamos...

–Vas a quedarte aquí –la interrumpió él quitándole la cuerda de las manos.

–¿Puede saberse qué es lo que te altera, Shazim? Sé que no es solo la tormenta...

–Solo te pido que esperes. ¿Qué es lo que no entiendes?

–A ti –contestó ella–. Es imposible entenderte.

Él hizo acopio de toda la paciencia que tenía e intentó explicárselo.

–Es mucho más seguro que esperes hasta que vuelva con el helicóptero de rescate. Será más fácil...

–¿Más fácil? –preguntó ella–. No estamos aquí porque sea fácil. Si nos gustara lo fácil, tú estarías en un yate con una modelo entre los brazos y yo estaría en alguna ciudad agradable con un sueldo mensual y bebiendo algo en el pub los viernes por la noche.

Se miraron con el ceño fruncido y él supo que ella nunca daría su brazo a torcer.

–Dímelo –siguió ella–. Dime qué es lo que te altera de verdad.

–Si te lo digo, me suplicarás que te deje hasta que llegue el helicóptero.

–Inténtalo.

Shazim se quedó tanto tiempo en silencio que ella se preguntó si oiría el agua que se acercaba.

–Mi hermano mayor murió por salvarme en un barranco como este –dijo Shazim por fin con la mirada perdida en el infinito–. Se desequilibró y cayó.

–¿Quieres decir que crees que cayó por tu culpa? –preguntó ella cuando él no dijo nada más.

–Fue culpa mía. No nos habríamos acercado al barranco de no haber sido por mí.

–Pero él estaba allí y te salvó –argumentó ella con pragmatismo.

–Le dije que podría bajar sin su ayuda. Yo era joven y me creía indestructible. Mi hermano era mucho mayor que yo, pero no era tan fuerte. Él era el pensador, yo era el temerario...

–Le gustaba hacer planes en beneficio de Q'Aqabi. Como la reserva natural. No hace falta que me lo diga nadie, Shazim –añadió ella cuando él la miró fijamente–. He visto cómo dedicas tu vida a este proyecto. Te he visto cuando comentas las ideas y sé hasta dónde eres capaz de llegar por sacarlas adelante. Esta reserva no es solo una pasión para ti, es tu vida.

Ella ya lo entendía. Nada aliviaría el remordimiento que sentía por la muerte de su hermano, por eso se imponía criterios tan elevados y por eso no descansaba.

–Mi hermano era constante y prudente. Amaba el desierto que estaba destinado a gobernar, pero no asimilaba que fuese impredecible. Siempre decía que todo tenía que tener una pauta, una razón de ser, pero el desierto desafiaba sus intentos de organizarlo y creo que eso lo asustaba.

Ella también lo creía y al acordarse de la teoría que había aprendido en la universidad se daba cuenta de que el conocimiento tenía que combinarse con la experiencia, aunque fuese peligrosa.

–Estaría orgulloso de ti, Shazim. Has conseguido que los sueños de tu hermano sean realidad.

–¿Lo he conseguido? –preguntó él con una expresión de rabia y preocupación.

–Por eso estoy aquí –contestó ella–. No solo lo has conseguido, has creado unas instalaciones de renombre mundial. Para mí, trabajar aquí sería un sueño hecho realidad.

Los dos miraron fuera de la cueva y vieron el agua a unos metros. Se movieron a la vez.

–Solo una cosa –Isla miró la mano tendida de Shazim–. Antes de que salgamos quiero que aceptes que el pasado es pasado para los dos. No puedes culparte para siempre...

–Déjalo, Isla. Tengo la culpa –insistió él mientras recogía la cuerda.

–Viniste para salvarme –le recordó ella tapándole el paso para mirarlo a los ojos.

–Es distinto. Yo sé lo que hago. Mi hermano debería haberme dejado allí. Yo debería haber muerto en vez de él.

–No –lo agarró cuando él recogió el resto del material–. No rehúyas esto, Shazim, afróntalo.

–¿Qué crees que hago cada minuto de mi vida?

–Creo que le das vueltas una y otra vez pare ver si podrías haber hecho otra cosa...

–Te he contado todo lo que tienes que saber –la interrumpió él en tono tajante.

–Me has contado la versión edulcorada. Cuéntame el resto.

La muerte de su hermano había ensombrecido la vida de Shazim y ese momento tan peligroso podía ser la única ocasión que tuviera para que empezara a ver la luz.

–¿Qué quieres saber? ¿Quieres que te diga que mi hermano intentó salvarme y se cayó?

–Quiero que aceptes que no eres el responsable de todo lo que sale mal. Nunca me creeré que causaste la muerte de tu hermano intencionadamente. Eres inocente, Shazim. Lo que ocurrió fue un accidente trágico.

La miró con furia y apretó los puños. Ella le entregaba el corazón, pero no iba a ceder. Nadie podía vivir ese tormento sin que acabara destruyéndolo.

–Mi hermano intentó salvarme como tú te jugaste la vida por salvar ese animal –rugió Shazim con impaciencia–. Él, al revés que tú, se desequilibró. Se agarró como pudo y yo conseguí bajar a donde estaba. Incluso, lo agarré de la mano. Él me miró y sonrió con alivio, pero yo supe en ese instante que no podría aguantar su peso. Él lo vio en mis ojos... Me miró con todo el amor del mundo y se soltó.

Era un dolor que, gracias a Dios, muy poca gente sentiría. Ella se había preguntado muchas veces si conseguiría superar la muerte de su madre, pero no podía ni imaginarse lo que sentiría Shazim al considerarse responsable de lo que le había pasado a su hermano.

–La reserva natural es tu obra, Shazim. Es el homenaje más maravilloso a tu hermano. Has construido algo en su nombre que durará generaciones.

–Lo único que queda de mi hermano es la fuente que construí en su honor y lo que hago en su nombre. ¿Crees de verdad que eso compensa su muerte? –le preguntó él con amargura.

–No, claro que no.

–¿Crees que estoy haciendo algo admirable? –siguió él como si se despreciara a sí mismo–. Todo lo que hago y todo lo que soy se lo debo a él. Él debería estar aquí, no yo.

–Si él estuviese aquí –Isla miró fuera de la cueva con impaciencia y vio que no tenían tiempo–, seguramente moriríamos esta cueva. Siento ser tan despiadada, Shazim. Sé que amabas a tu hermano y me desgarra que lo perdieras, pero no puedes pasarte toda la vida culpándote por algo que no puede cambiarse. Ya no eres un joven egoísta, eres un hombre bueno. Tu hermano quiso demostrarte cuánto te quería. Se enfrentó al desierto y dominó sus miedos más arraigados. Escaló un barranco pensando solo en salvarte. Fue un héroe. Al menos, concédele eso.

Sus palabras vehementes retumbaron en la cueva y, por un momento, no supo cómo reaccionaría Shazim. Se quedó impasible, pero, lentamente, puso una expresión más humana. Era la expresión de alguien que podía sentir y captó una emoción en el fondo de sus ojos.

–¿Hasta cuándo piensas quedarte ahí? –preguntó ella en su tono más pragmático–. ¿Intentamos llegar a ese saliente? –añadió ella mirando el sendero que había detrás del saliente.

Para Isla, el silencio de Shazim fueron los segundos más largos de su vida.

–Súbete a mis hombros.

Ella se subió y él le agarró las piernas para mantenerla en equilibrio. En cuanto estuvo a salvo en el saliente, él escaló hasta que llegó a un sitio donde podía inclinarse y tenderle la mano.

–Agárrame de la muñeca, Isla. Te alzaré, confía en mí.

Ella no dudó. Lo miró a los ojos, agarró su muñeca y él la levantó hasta que estuvo a salvo.

Capítulo 17

LO PRIMERO que hicieron en cuanto llegaron a la tienda fue llamar para tranquilizar a todo el mundo. Unos minutos después, oyeron el ruido ensordecedor del rotor de un helicóptero.

–Vas a irte a la ciudad para que te hagan una revisión médica a fondo –le dijo Shazim cuando cesó el ruido.

–No es necesario –replicó ella con miedo de separarse otra vez.

Habían abiertos sus corazones, Shazim le había salvado la vida e ¿iba a volver al trabajo como si no hubiese pasado nada?

–Yo digo que sí es necesario –insistió él con frialdad–. Tu salud es de importancia vital para mí.

–¿De verdad?

–Sí –contestó él en un tono sombrío mientras unos hombres entraban en la tienda.

Él dio unas órdenes en su idioma, pero ella supo que estaba diciéndoles que tenían que llevársela.

–Un momento –intervino ella en voz alta–. No he terminado de hablar con Su Majestad.

La miraron atónitos. Todos habían entendido que estaba desobedeciendo a su jeque, pero Shazim les hizo un gesto para que los dejaran solos.

–Gracias –siguió ella–. Lo que hemos vivido ha sido muy intenso y esto es muy repentino –ella señaló el helicóptero–. Necesito que me asegures que no volverás a tu torre de marfil, que recordarás lo que hemos hablado y que siempre creerás...

—Ya hemos hablado bastante de ese asunto —la interrumpió Shazim dándole la espalda.

—¿Sí? Entonces, ¿quién hablará de tu hermano?

Él se dio la vuelta otra vez y la miró con unos ojos asesinos.

—No me das miedo, Shazim, pero sí me da miedo que vuelvas a eludir la verdad sobre tu hermano, sobre nosotros...

—¿Nosotros? —preguntó él con frialdad—. No hay un... nosotros.

—Seguramente, tienes razón —concedió ella con tristeza.

Shazim fue a la entrada de la tienda y llamó a sus hombres. Hacía bien en zanjar las cosas entre ellos. Tenía que aceptar que lo que habían disfrutado también había terminado. Él ya estaba intercambiando información con sus hombres. Naturalmente, querría saber qué había pasado con el conflicto de las tribus y con otras muchas cosas. Ella podía entender la necesidad de ponerse al tanto, pero mientras pudiera dejar a un lado los sentimientos, no confiaba en su recuperación y eso podía significar que nunca llegara ser el mejor de los reyes. Sin embargo, ella ya no podía preocuparse por eso, se reconoció a sí misma mientras la acompañaban al helicóptero. Era el final, pensó mientras parpadeaba para contener las lágrimas y el helicóptero despegaba. Tenía esa sensación de vacío por haberse enamorado de un rey del desierto. Ya no trabajarían juntos, como había soñado. Quizá no volviera a verlo. Aunque, si lo veía, ¿querría volver a hablar con ella después de que lo hubiese obligado a hablar de su hermano? No lo creía. Ella había desenterrado un dolor tan grande que no podía ni imaginárselo y él no podía compartirlo con nadie. Había sido egoísta. Al intentar ayudarlo con psicología de aficionada, solo le había hecho más daño y estaba abandonándolo para que lo sobrellevara solo.

La estancia en Q'Aqabi había terminado. Casi le desgarraba el corazón dejar a los rastreadores, a sus amigos del pueblo y el proyecto en el que había esperado participar. Habían pasado tres semanas desde que volvió de la revisión en el hospital y no había sabido nada de Shazim. Según los rumores, se había retirado al desierto sin rastreadores ni guardaespaldas. Era la primera vez desde su juventud, pero su pueblo lo recibía con alegría porque indicaba lo comprometido que estaba con ellos. Ella también se alegraba porque parecía una señal de que podía recuperarse, algo que había llegado a dudar. Shazim tenía que aclarar muchas cosas y la soledad y la reflexión podían ayudarlo a asimilar la muerte de su hermano. Sonrió a pesar de la tristeza cuando Millie la llamó para despedirse de ella.

—Estoy en el piso de abajo –le explicó Millie–. ¿Puedo subir?

—Claro.

A Isla no se le ocurría nadie que pudiera animarla más. Bueno, había otra persona, pero él había preferido no estar allí, lo cual, quizá fuese lo mejor. Su corazón no podía recibir más golpes. Todavía estaba haciendo el equipaje para marcharse a Londres cuando Millie llamó a la puerta.

La abrió y se abrazaron sin decirse nada, hasta que Millie se separó y retrocedió un paso.

—Entra –le pidió Isla.

—No. Solo quería verte... Solo quería quedarme tranquila...

—¿Por qué? –Isla frunció el ceño–. ¿Puedo llamarte

cuando haya terminado? Me gustaría despedirme como es debido...

Millie estaba mirando al pasillo y entonces entendió por qué.

–Shazim...

Shazim, con unos vaqueros y una camiseta negra, se acercaba a ellas. Isla, sin saber por qué estaba allí, entró en la habitación después de inclinar la cabeza con cortesía.

–Isla...

Ella levantó la barbilla y lo miró a los ojos cuando Shazim también entró. Luego, oyó que se cerraba la puerta mientras Millie se retiraba.

–¿Podrás perdonarme? –le preguntó Shazim sin preámbulos.

–¿Perdonarte?

–Por estar ciego... Por ser desconsiderado...

–Shazim... –lo agarró de las manos y lo miró a los ojos–. No supe qué pensar cuando me montaste en aquel helicóptero. Solo esperé que, estuvieras donde estuvieses y estuvieras con quien estuvieses, te curaras.

–Me he curado gracias a ti.

–Nadie puede curarse tan deprisa después de lo que te pasó –ella le soltó las manos, sacudió la cabeza y retrocedió–. No hay curación milagrosa para el dolor. Solo hay maneras de sobrellevarlo y tiempo para curar una herida tan profunda. Tienes que afrontarlo todos los días e intentar curarlo como si fuese una herida física.

–Entonces, he dado los primeros pasos gracias a ti.

Isla se quedó en silencio. No iba a aceptar el mérito de que Shazim hubiese decidido hacer frente a sus demonios, pero se alegraba de que lo hubiese hecho.

–Y has venido a despedirte –comentó ella como si estuviese resignada.

–No habrías creído que iba a dejar que te marcharas sin despedirme, ¿verdad?

–La verdad es que no sabía qué creer.

Quizá debiera estar enfadada porque la había devuelto a la ciudad sin contemplaciones, pero Shazim había estado librando su batalla interior. Incluso en ese momento, su impulso era consolarlo. Sin embargo, aceptó la realidad, agarró el mango de la maleta y fue hasta la puerta.

–No irás a permitir que se marche sin decir nada, ¿verdad? –preguntó Millie en cuanto Isla salió.

A ella le sorprendió ver que Millie seguía allí, pero más le sorprendió lo que dijo Shazim.

–Perdona a mi hermana, siempre dice lo que piensa.

–¿Tu hermana?

Ella se dio la vuelta mientras las piezas del rompecabezas encajaban. Shazim le había hablado de la guardería real y de que su hermano había sido como un padre para ellos. En ese momento, Shazim era el padre de su país y había adoptado el papel de padre de sus hermanos. Naturalmente, había elegido a su hermana para que la recibiera en el aeropuerto. Probablemente, Millie estarían tan implicada en la reserva natural como Shazim. Ella también había perdido un hermano y querría honrar su memoria.

–Me gustaría oír lo que tengas que decir –reconoció Isla.

–Tienes que oírlo –Millie la tomó de la mano y entró otra vez en la habitación–. Te necesitamos en Q'Aqabi. El proyecto te necesita y mi hermano te necesita más que nadie...

Millie se dio la vuelta y miró a Shazim con el ceño fruncido.

–Isla es independiente y hará lo que quiera –comentó él.

–Entonces, esperemos que quiera quedarse, aunque no lo pones nada fácil, hermano.

–Haré todo lo que pueda para ayudaros –dijo Isla mirando a Shazim a los ojos.

–Primero necesitarás un contrato laboral y un buen sueldo –añadió Millie dirigiéndose a su hermano–. Isla trabajaría gratis, pero no puedes permitirlo, no puede vivir del aire.

–Estoy seguro de que podremos solucionarlo –comento Shazim en tono burlón–. ¿Nos concedes un momento? –le preguntó a su hermana–. ¿Quieres el empleo? –le preguntó a Isla en cuanto se quedaron solos.

–Sabes que lo quiero –contestó ella aguantando su mirada–. No hay ningún sitio en el mundo donde preferiría estar ni ningún trabajo que preferiría hacer. Incluso, te soportaría por hacerlo... si estás seguro de que quieres que me quede.

–El proyecto te necesita –reconoció él entre dientes–. Tienes un empleo para siempre, si quieres.

–Pero no como tu amante –añadió ella con firmeza.

–Por favor...

La expresión de Shazim le indicó que no se le había pasado por la cabeza y ella lo captó. Ya había comprendido que no era la amante idónea.

–Perdona, he sido muy presuntuosa, pero tenía que estar segura.

–Al menos, puedo confiar en que siempre pondrás las cartas sobre la mesa –comentó él con ironía–. No quiero que cambies. El empleo que te ofrezco no será fácil. Quiero que seas subdirectora del proyecto. De entrada, serás un poco la chica para todo del director, pero lo que ese hombre sabe del desierto no puede enseñarse. Quiero que trabajes codo a codo con él y que aprendas todo lo que puedas para acabar teniendo responsabilidades conjuntas. He presenciado tu capacidad del liderazgo y tu valor. También he visto mucho sentido común...

—Ese hombre, el director del proyecto, eres tú, ¿verdad?

Él esbozó una sonrisa que le suavizó la expresión.

—Entonces, ¿no te he ofendido? –preguntó ella.

—¿Ofenderme?

—Por decir lo que pienso.

—Es una de las cosas que más me gustan de ti. Cuando estás en mi posición, pocas personas dicen lo que piensan para no perder el favor del rey. Eso es algo que nunca te ha preocupado.

Ella se rio. Aunque solo le gustara, se conformaría si podía trabajar allí.

—Leí el informe del hospital y me alegré de que estuvieses bien –añadió él.

—Todos se portaron muy bien y, aparte de algunas uñas rotas, no me pasó nada.

Al contrario que a él, que le mostró el alma en aquel barranco. Sin embargo, si eso lo impulsó a adentrarse en el desierto para afrontar el pasado, todo había merecido la pena.

—¿Estás bien? –siguió ella.

—Claro –contestó él para que no se preocupara.

—¿Estás seguro? –insistió ella con delicadeza.

—Nunca le había contado a nadie lo que sentía sobre mi pasado –reconoció él.

—Y me elegiste a mí. Eso significa mucho para mí, Shazim.

Shazim inclinó la cabeza hasta que dejó los labios a unos centímetros de los de ella. La miró a los ojos y la besó con tanto cariño que notó el escozor de las lágrimas. Si no estaba completamente curado, le faltaba poco. Hablar del pasado y de cómo le había afectado tuvo que ser una liberación para él y ella se alegraba.

–Entonces, ¿cuándo empiezo a trabajar? –le preguntó ella con el amor reflejado en los ojos.

–En este momento, si quieres...

–No se me ocurre nada que me apetezca más –exclamó ella.

–¿De verdad...?

–¿Qué gana con provocarme, Majestad? –preguntó ella mirándolo a los ojos.

–Lo mismo que tú por tomarme el pelo, supongo, pero te amo y ¿qué le voy a hacer? –él se encogió de hombros–. No quiero soltarte, ¿te quedarás conmigo?

Por primera vez desde que se encontraron en la obra, Shazim estaba preguntándole algo, no estaba ordenándoselo. El todopoderoso León de Desierto era un hombre normal que le decía a una mujer que la amaba y le ponía el corazón en vilo al preguntarle si también lo amaba.

–Te amo más que a nada en el mundo –contestó ella con sinceridad.

Las palabras de Shazim eran como un bálsamo para su corazón anhelante. Era fuerte y protector y aunque ella también era fuerte, lo necesitaba más de lo que podía decir con palabras. Nunca lo decepcionaría, lucharía por él como había luchado por todo. Sería fuerte por él y por Q'Aqabi. Serían fuertes el uno por el otro. Con él se sentía plena e incompleta sin él. Era suyo en cuerpo y alma. Cada momento que pasaban separados era eterno y cada momento que pasaban juntos era perfecto.

–Siento haberte abandonado –murmuró él.

–Estaba muy preocupada por ti –reconoció ella–, pero tienes que dirigir un país y lo entendí, más o menos.

–¿Cambiarás tanto cuando dirijas la reserva natural? –le preguntó él entre risas.

–No creo. Los dos nos dejamos llevar por el trabajo.

–Sin embargo, quiero algo más que trabajo de ti
–Shazim se puso serio y le rodeó la cintura con un
brazo–. Quiero una vida contigo, quiero hijos contigo y
quiero pasar tiempo en el desierto contigo para que
nuestros hijos aprendan a conocer el desierto de los
dos. No pongas esa cara de sorpresa –añadió él–. Quiero
casarme contigo. Estoy pidiéndote que seas mi reina.
¿Crees que hay alguien que pueda compararse contigo,
Isla Sinclair?

Ella quiso dar gritos y saltos de alegría, pero frunció
el ceño.

–No soy apta para ser reina.

Solo le preocupaba Shazim, quien parecía estar al
borde de cometer un error descomunal.

–Te equivocas –replicó él con seriedad–. Mi pueblo
te respeta y yo te respeto. ¿Quién puede ser más apta?
Lo que es más importante, te amo. Nunca sentiré nada
parecido por nadie.

–Yo siento lo mismo –reconoció Isla con un nudo en
la garganta–. No puedo pedir nada más.

–¿De verdad? –Shazim arqueó una ceja–. Me decep-
cionas.

La llevó hacia el sofá y ella comprendió que, seguramente, tenía razón.

–No lleves ropa interior en el futuro –la acarició y la
excitó tanto que ella accedió–. Déjame.

Él se lo pidió con tranquilidad mientras ella intentaba quitarse la ropa tan precipitadamente que no lo
conseguía.

–¿Cómo puedes estar tan tranquilo? –le preguntó
ella con desesperación.

–Porque el desenlace compensa...

Él esbozó una sonrisa maliciosa mientras la levantaba con una mano y le quitaba los vaqueros y el tanga

con la otra. Entonces, entró y la reclamó como ella lo reclamó a él, implacablemente. Ella tardó en poder hablar otra vez.

–Me encanta eso –murmuró ella mientras él acometía rítmicamente con ella pegada a la pared.

–Algo más que tenemos en común –comentó él acelerando el ritmo.

–Eso me gusta más todavía...

–No podría habérmelo imaginado.

Ella gritó cuando la llevó al límite y la mantuvo ahí.

–Concéntrate –le exigió él.

–¡Por favor! –exclamó ella en tono airado entre jadeo y jadeo.

Shazim se rio mientras la llevaba más allá del límite.

–Nunca me cansaré de ti, Isla, ni de esto.

–Me alegra saberlo –consiguió decir ella–, pero sigo creyendo que no puedo ser tu reina.

–¿Por qué? –le preguntó Shazim apartándola para poder mirarla a la cara.

–Sería imposible. Nunca estaría preparada a tiempo porque siempre tendría que terminar algo en la clínica, estaría con los animales cuando más me necesitaras. Estaría cubierta de barro, en el mejor de los casos, cuando debería estar de punta en blanco para algún acto importante...

–Hay una solución para todo eso –la interrumpió Shazim.

–¿De verdad? –preguntó ella queriendo creerlo.

–Claro –Shazim sonrió–. Voy a tenerte encerrada en mi harén.

–Puedes intentarlo –ella resopló–. Y nada de harenes –añadió en tono implacable.

–Olvídate de tus fantasías por una vez y piensa esto –él sonrió de oreja a oreja–. ¿Nunca te has planteado que te quiero tanto que estoy dispuesto a transigir en lo relativo a tu trabajo como te pido que tú transijas en lo relativo a mis obligaciones con Q'Aqabi?

–Obligaciones que espero compartir algún día.

–Lo harás –le aseguró él sin dejar de sonreír.

–Entonces, ¿me amas de verdad?

–De verdad.

Sin embargo, a ella seguía sin parecerle bien. No era hermosa, alta y elegante como las princesas o famosas entre las que podía elegir Shazim. Además, tampoco era delgada. Era robusta y capaz, era más feliz con unos guantes de goma para hacer lo que tuviera que hacer por un animal que con un vestido de noche. ¿Podía imaginarse con una tiara y una túnica y con la palabra adecuada para cada ocasión en la punta de la lengua?

–Soy incompetente, seré un desastre –se desesperó ella en voz alta.

–Serás la reina pragmática que necesita mi pueblo.

–¿Y tú, Shazim? –le preguntó ella con preocupación–. ¿Qué reina necesitas tú?

–Esperaba que me hicieses esa pregunta porque te necesito a ti...

–En serio. No soy lo bastante sumisa para ser tu reina. No seguiría tu paso. Además, si acepto ese empleo...

–¿Hay alguna duda?

–¡No! Pero no tendré tiempo libre. Deberías elegir una de esas famosas... –ella frunció el ceño solo de pensarlo–. O una princesa real...

–¿No me escuchas? –él le tomó la barbilla con una mano para que lo mirara–. ¿Sabes cuánto te amo?

–Deberías fundar una dinastía –ella seguía pensando en con quién debería casarse–. Deberías casarte con una princesa de esas y tener hijos. Facilítate la vida, Shazim, y líbrate de mí.

–¿Qué dijiste una vez sobre lo fácil? Creo que ninguno de los dos es feliz tomando ese camino, ¿verdad?

–Shazim apretó los labios y se encogió de hombros–. Aunque, desde luego, mi vida sería más fácil si me librara de ti, pero me temo que eso también tiene un problema.

–Se me dan bien los problemas. Dímelo e intentaré solucionártelo.

–¿Que me case con una princesa? –Shazim hizo una mueca de disgusto–. No me gusta la idea y nunca me gustará.

–Pero...

Era inútil resistirse cuando Shazim la tomaba entre los brazos.

–¿Qué estás haciendo? –preguntó ella fingiendo que se resistía.

–Explicarte que tu vida va a estar conmigo. Todavía no sé cómo, pero lo resolveremos... aunque necesito que aceptes si vamos a casarnos y todavía no me has dado la respuesta. Si no, ¿cómo ibas a ser mi reina? ¿Aceptas? ¿Cuál es tu respuesta, Isla? ¿Me harás el honor de ser mi esposa... mi reina?

Isla se quedó muda cuando Shazim se arrodilló delante de ella, pero también se arrodilló delante de él, que la besó en la boca, en el lóbulo de la oreja, en el cuello...

–¿De verdad quieres que te responda ahora? –preguntó ella cuando consiguió respirar.

–Ya he adivinado tu respuesta, pero podrías repetírmela si quieres.

–¡Sí! –exclamó ella.

–Como me imaginaba –murmuró él besándola–. Eres fácil de convencer.

–Depende del problema que sea. Ahora, déjate de charla, tengo que concentrarme.

–¿Otra vez? –preguntó él riéndose levemente y sin dejar de besarla.

–Sí, otra vez.

Era increíble que hubiese llegado a confiar tanto en los hombres, pero Shazim no era un hombre cualquiera, era el amor de su vida, el hombre al que había entregado su corazón. Le había demostrado muchas veces por qué tenía que confiar en él y, además, le había abierto todo un mundo de posibilidades.

–¿Cómo puede salir bien esto? –preguntó ella más tarde, cuando estaban tumbados en la cama.

–Veamos –Shazim se puso encima de ella–. Estoy seguro de que si lo intento, encontraré una salida...

–¡Para! –Isla estalló entre risas mientras él la besaba y le hacía todo tipo de cosas–. No se pueden encontrar todas las respuestas en la cama.

–Pero la mayoría de los problemas pueden resolverse aquí –replicó él separándole las piernas con los muslos–. Tendremos que profundizar, claro, si queremos que salga bien... –Shazim la levantó y la puso a horcajadas encima de él–. Mírame cuando te hablo –le ordenó él.

–¿Tengo que hacerlo?

–Sí –contestó él–. Ahora, cabálgame.

–Cabalgar ya se me da bastante bien –replicó ella con una sonrisa maliciosa.

–Desde luego.

Entonces, la puso debajo de él y bastó una acometida para elevarla a lo más alto.

Capítulo 18

N O PUEDO creerme lo que has hecho por mí, Shazim.
Era la noche previa a la boda y Shazim le había prometido un regalo que no podía imaginarse y, efectivamente, jamás habría podido imaginarse aquello. Había reproducido la cafetería hasta el más mínimo detalle, pero en la orilla de un oasis.

–Espero que te guste.

–Como construcción provisional, es impresionante –reconoció ella sacudiendo la cabeza.

–Puedes conservarla el tiempo que quieras –él se rio–. Puedes convertirla en cafetería para los rastreadores o desmontarla, lo que quieras, pero deberías verla con detenimiento antes de tomar una decisión drástica.

–Estoy deseando, pero es excesivo...

–Dicen que el dinero puede comprarlo todo menos la felicidad. Nada de lo que haga por ti será excesivo. Además, la costumbre es que la novia se reúna con sus amigos antes de la boda, ¿no?

–¿Mis amigos?

Se quedó atónita cuando entró. Casi todas las personas que conocía estaban sentadas en alguna de las mesas de formica. ¡Hasta Charlie! Se acercó al gruñón de su exjefe, le dio un abrazo y cuando se separó, pudo comprobar que hasta él estaba sonriendo.

–¡Chrissie! –se dio la vuelta y agradeció a Shazim

con una sonrisa toda la dedicación que había puesto en ese maravilloso regalo de boda–. ¡No puedo creérmelo!

La dos amigas se abrazaron e Isla se dio cuenta de que la boda no habría sido igual si no hubiese estado Chrissie para ayudarla a vestirse para la ceremonia.

–No sé cómo agradecértelo –susurró Isla mientras se volvía para mirar a Shazim.

–Sí lo sabes –murmuró él para que solo lo oyera ella.

A Isla le dio un vuelco el corazón al pensar en la noche de bodas. La próxima vez que viera a Shazim sería al día siguiente, durante la ceremonia. Se habría casado con Shazim aunque hubiese sido uno de esos hombres del desierto que solo tenían una tienda de campaña y un caballo, pensó mientras lo miraba alejarse montado en su caballo.

–¿Qué se siente al ser casi una reina? –le preguntó Chrissie con los ojos como platos.

–Como hacer otra vez el examen final –contestó ella con una mueca cómica.

–Entonces, hablemos de otra cosa. Shazim me ha encargado que te distraiga para que no te pongas nerviosa con la boda. Tengo una idea, hablemos de mí.

–Una idea genial –Isla empezó a reírse–. Quiero que conozcas a mucha gente.

–¿Tíos buenos? –preguntó Chrissie esperanzada.

–Qué raro, vas al grano –bromeó Isla poniendo los ojos en blanco–, pero la verdad es que quiero que conozcas algunos tíos buenos. Van a venir muchos amigos de Shazim y podrás elegir, pero no te distraigas mucho porque vas a tener que ayudarme a vestirme para la ceremonia.

–Todavía no puedo creerme que vayas a casarte con el jeque de Q'Aqabi.

–¿Cómo crees que me siento yo?

—Amada. Estás radiante y te brillan los ojos... —Chrissie la miró fijamente—. ¿No estarás...?

—Es posible —Isla sonrió—. Desde luego, estamos haciendo todo lo posible....

El rostro de Chrissie se iluminó y le tomó las manos por encima de la mesa.

—¡Enhorabuena! Serás una madre maravillosa. Al fin y al cabo, has tenido la mejor maestra.

—Gracias.

Isla, emocionada, sintió caer las lágrimas. No había dejado de pensar en su madre desde que Shazim le pidió que se casara con él.

Iban a casarse en su palacio y solo le faltaba convencer a Isla para que llevara las joyas de su madre. El pueblo lo esperaría. Llevarían el joyero de oro a los aposentos de Isla en el palacio. Era el mismo joyero que le entregó su madre un día que le pidió que no tirara la vida por la borda por la muerte de su hermano. Le dijo que eso no sería un homenaje, algo que no había vuelto a oír hasta que se lo dijo Isla. Levantó la tapa y sonrió. Podía imaginarse la reacción de Isla cuando viera aquello. Estaba tan entregada al trabajo que no le extrañaría que fuese a la ceremonia con botas y ropa de faena.

Montó y dirigió el caballo hacia el palacio, a donde acudirían miles de personas para presenciar la boda. El patio era tan grande que Isla lo recorrería en un carruaje tirado por caballos. Él la esperaría montado en su caballo, como exigía la tradición.

—Preparado para salir corriendo si cambio de opinión —había bromeado él el día anterior.

—Perfecto. A mí, déjame con mi trabajo —había replicado ella con una sonrisa de oreja a oreja.

Era imposible que cambiase de opinión. No encontraría una novia igual en todo el mundo.

La mañana de la boda, Isla seguía sin creerse cómo le había cambiado la vida desde aquel día lluvioso en una obra en Londres. Había pedido a las mujeres del pueblo que fuesen a ayudarla a vestirse para la boda, con Millie y Chrissie.

–Estás guapísima –comentó Chrissie mientras ella se miraba al espejo.

–Desde luego, estoy distinta –concedió Isla mirando la tiara de diamantes que llevaba puesta.

Las joyas que le había dado Shazim eran increíbles. Había pulseras, anillos, el brazalete para el tobillo que se había puesto, pendientes y, naturalmente, la tiara real. Shazim le había prometido que solo tendría que ponérselas en actos oficiales... o en la cama, si le apetecía. Ella tomó las joyas de valor incalculable y decidió que sería mejor dejarlas para actos oficiales. Él también le había dicho que podía llevarlas mientras trabajaba para impresionar a los animales. Sabía que solo estaba bromeando para que aceptara ese tesoro que iba con el... empleo de reina y no desperdició la ocasión para tomarle el pelo.

–Será mejor que no, no puedo arriesgarme a perderlas en el desagüe...

Naturalmente, se las pondría para honrar a su pueblo. Shazim le había explicado que eran de su familia desde hacía generaciones y pensó en sus antepasados mientras se las ponía.

–Te abrocharé el vestido –insistió Chrissie–. No tenemos mucho tiempo.

Shazim la había llevado a Roma en su avión privado para que se hiciese el vestido. Era un vestido de ensueño con encaje sobre seda color marfil. Tenía un velo bordado con algunas cuentas de perlas y diamantes que le caía unos seis metros por detrás. Le habían dejado el pelo suelto, para que le cayera por los hombros, porque así le gustaba a Shazim. Esbozó una sonrisa al acordarse de lo que le gustaba tirar de él hacia atrás para besarle el cuello...

–Isla...

Miró a Chrissie con sorpresa. Estaba tan absorta que no había oído lo que le había dicho.

–Todos están preparados –repitió Chrissie apartándose un poco.

–El carruaje te espera –añadió Millie antes de darle un beso–. Bienvenida a la familia, Isla.

Millie estaba encargada del ramo de flores que Shazim había llevado, como todas las flores de la boda, desde Inglaterra. Isla olió el aroma de las rosas blancas, color crema y color rosa y se las acercó a la mejilla. Estaban frías y un poco húmedas y supo qué quería hacer con ellas, siempre había seguido a su corazón.

Shazim estaba esperándola montado en su caballo y debajo de un arco de flores. Los nervios la atenazaron por dentro cuando oyó el clamor de la multitud. Parecía un mar mientras el carruaje se abría paso. Habría preferido una ceremonia íntima y tranquila, pero siempre había sabido dónde estaba metiéndose. No era solo su día, también lo era del pueblo de Q'Aqabi.

La sonrisa de Shazim fue todo lo que necesitó para tranquilizarse y la miró con una expresión tan cariñosa mientras la ayudaba a bajarse del carruaje que todo desapareció y solo lo vio a él. Nunca había estado tan increíblemente guapo. Llevaba el pañuelo tradicional en la cabeza y una túnica negra con ribetes de oro. Había oído decir que las novias pasaban la ceremonia en un sueño, pero ella ya había dejado de soñar y era plenamente consciente de lo que estaba haciendo. Cuando aceptó el anillo, aceptó a Shazim y todo lo que representaba. Aceptaba apoyarlo a él y a su país, compartir su vida y su deber hacía la tierra que amaba, no pudo haber sido más sincera cuando pronunció los votos.

–¿Te gusta? –le preguntó él mientras le ponía el anillo.

Le habría encantado cualquier cosa que Shazim hubiese elegido, pero ese anillo de platino con diamantes era impresionante. Como el hombre que tenía al lado, pensó mientras los declaraban marido y mujer. Cuando terminó la ceremonia, se abrieron paso entre los vítores de la multitud para dirigirse a la recepción en el palacio, pero ella quería desviarse un poco...

–¿Qué pasa? –le preguntó Shazim con preocupación cuando ella le tocó el brazo.

–Tengo que ir a un sitio.

–Adonde quieras...

Lo agarró del brazo, fue hasta la fuente que Shazim había construido en honor a su hermano, se arrodilló y dejó el ramo de flores.

–Por tu hermano, por tu país y por nosotros –susurró ella mientras Shazim la ayudaba a levantarse–, pero, sobre todo, por ti.

–¿Cómo he podido ser tan afortunado? –preguntó él agarrándola del brazo.

–¿Por qué encontraste la chaqueta reflectante de mi tamaño...?

–Creo que fue algo más. Te amo más que a la vida, mi maravillosa esposa.

–Yo también te amo.

Epílogo

LAS cosquillas duraron mucho más esa noche. No era de extrañar que los niños no quisieran acostarse cuando Shazim los alteraba tanto. Pasaba lo mismo todas las noches cuando ella había conseguido calmarlos, pero si la miraba con esos ojos y se encogía de hombros, le perdonaba cualquier cosa. Era el mejor de los padres para sus tres hijos y el hombre más maravilloso con el que compartir la vida. No se había conformado con reproducir la cafetería de Londres, sino que, al darse cuenta de lo que podía sentir por llevar esa vida tan pública, había construido un refugio a las afueras de la cuidad para que pudieran llevar una vida familiar. No era solo un refugio, había construido un edificio que le recordara a la casita donde ella había vivido de niña. Aunque esa versión era el doble de grande y, como ella le había comentado con mucha delicadeza, mucho más lujosa, era una de las ventajas de haberse casado con un arquitecto que siempre estaba construyendo los edificios más innovadores. Sus hijos habían nacido allí y la cocina era para ella sola. Sería una nimiedad, pero también significaba mucho para su hija, Yasmina, que la había convertido en una clínica para todos los animales que recogían los gemelos, Darrak y Jonah, que hacían de rastreadores.

—A la cama —les ordenó ella con firmeza.

Los niños obedecieron a regañadientes, pero habían

aprendido enseguida que su padre sería un rey, pero que desobedecer a su madre podía ser peligroso.

—¿Puedo ir mañana a la clínica contigo? —le pidió Yasmina agarrándose a su mano.

La clínica estaba prosperando y había abierto tres más con la ayuda de Shazim. Todavía disfrutaba más en ropa de faena, se dijo a sí misma mientras abrazaba y besaba a sus hijos antes de acostarlos, pero había aprendido a actuar como una reina y a llevar las joyas que la madre de Shazim le había legado con tanto amor y orgullo, como tenía que llevarlas para honrar la memoria de una mujer que había conocido tanto amor y tanto dolor.

—Si os acostáis ahora y no oigo ni un ruido en toda la noche, mañana podréis ir todos conmigo a la clínica.

Afortunadamente, Shazim tomó a los tres en brazos o sus gritos de alegría la habrían dejado sorda. Cuando todo quedó en silencio en el piso de arriba, Shazim fue con ella a la terraza que daba al oasis. Le rodeó la cintura con los brazos y ella se apoyó en el hombre que amaba. Estaban tan unidos que él notó el cambio aunque la tenía de espaldas.

—No... —susurró él maravillado.

—Sí —replicó ella con delicadeza.

—Creo que deberíamos ir a la cama para celebrar la llegada de otro hijo.

Ella se dio la vuelta y sonrió al hombre en el que confiaba con toda su alma y su corazón.

—Creía que no ibas a proponerlo nunca...

Bianca

Ella era una mujer fría... él, un hombre de sangre mediterránea

La supermodelo Anneliese Christiansen parecía tenerlo todo: éxito profesional, amigos famosos y la adoración de la prensa. Y tenía motivos más que suficientes para resistirse al poder de seducción del millonario griego Damon Kouvaris... Damon esperaba que la fría y hermosa Anneliese acabase en su cama, pero estaba a punto de descubrir que no iba a resultarle tan fácil. Siempre conseguía lo que deseaba... y si el premio merecía la pena estaba dispuesto a pagar el precio que fuese necesario.

SEDUCCIÓN DESPIADADA
CHANTELLE SHAW

Acepte 2 de nuestras mejores novelas de amor GRATIS

¡Y reciba un regalo sorpresa!

Oferta especial de tiempo limitado

Rellene el cupón y envíelo a
Harlequin Reader Service®
3010 Walden Ave.
P.O. Box 1867
Buffalo, N.Y. 14240-1867

¡Sí! Por favor, envíenme 2 novelas de amor de Harlequin (1 Bianca® y 1 Deseo®) gratis, más el regalo sorpresa. Luego remítanme 4 novelas nuevas todos los meses, las cuales recibiré mucho antes de que aparezcan en librerías, y factúrenme al bajo precio de $3,24 cada una, más $0,25 por envío e impuesto de ventas, si corresponde*. Este es el precio total, y es un ahorro de casi el 20% sobre el precio de portada. ¡Una oferta excelente! Entiendo que el hecho de aceptar estos libros y el regalo no me obliga en forma alguna a la compra de libros adicionales. Y también que puedo devolver cualquier envío y cancelar en cualquier momento. Aún si decido no comprar ningún otro libro de Harlequin, los 2 libros gratis y el regalo sorpresa son míos para siempre.

416 LBN DU7N

Nombre y apellido	(Por favor, letra de molde)

Dirección	Apartamento No.

Ciudad	Estado	Zona postal

Esta oferta se limita a un pedido por hogar y no está disponible para los subscriptores actuales de Deseo® y Bianca®.
*Los términos y precios quedan sujetos a cambios sin aviso previo.
Impuestos de ventas aplican en N.Y.

SPN-03   ©2003 Harlequin Enterprises Limited

Dos pequeños secretos

Maureen Child

Colton King puso fin a su intem-
pestivo matrimonio con Penny
Oaks veinticuatro horas después de la boda. Pero más de
un año después, Colton descubrió el gran secreto de Penny…
de hecho, se trataba de dos pe-
queños secretos: un niño y una
niña.

Colton quería reclamar a sus
gemelos y enseguida se dio
cuenta de que también estaba
reclamando a Penny otra vez.
No le quedó más remedio que
preguntarse si su matrimonio relámpago estaba destinado a durar toda la vida.

Una noche condujo a dos bebés

¡YA EN TU PUNTO DE VENTA!

Bianca

Hacía poco era una simple chica… ahora estaba a punto de entrar en la realeza

Lizzy Mitchell era una chica corriente, pero tenía algo que el príncipe Rico Ceraldi deseaba más que nada en el mundo: era la madre adoptiva del heredero al trono del principado de San Lucenzo.

Quizá no tuviera el poder y la riqueza de los Ceraldi, pero Lizzy estaba dispuesta a hacer prácticamente cualquier cosa para no perder a su hijo. Por eso, cuando Rico le pidió que se casara con él, se dio cuenta de que debía aceptar aquel matrimonio de conveniencia. Rico le había dejado muy claro que ella era demasiado corriente para él. Pero la boda real dio lugar a una transformación que dejó boquiabierto al príncipe…

UN PRÍNCIPE EN SU VIDA
JULIA JAMES